猎场剿匪

[美] 威勒德·普赖斯 著

骆行健 译

北京出版集团
北京少年儿童出版社

著作权登记号
图字：01-2010-1130
SAFARI ADVENTURE by WILLARD PRICE
Copyright © WILLARD PRICE, 1966
Willard Price, the Willard Price Logo and Hal and Roger are trade marks of Willard Price Literary Management Ltd, used under licence by Beijing Juvenile & Children's Publishing House Co., Ltd.
This edition arranged with Willard Price Literary Management Ltd through Big Apple Agency, Labuan, Malaysia
Simplified Chinese edition copyright @ 2023 Beijing Juvenile & Children's Publishing House Co., Ltd
All rights reserved.

图书在版编目(CIP)数据

猎场剿匪／(美)威勒德·普赖斯著；骆行健译. — 2版. — 北京：北京少年儿童出版社，2024.4
（哈尔罗杰历险记）
书名原文：SAFARI ADVENTURE
ISBN 978-7-5301-6548-5

Ⅰ. ①猎… Ⅱ. ①威… ②骆… Ⅲ. ①儿童小说—长篇小说—美国—现代 Ⅳ. ①I712.84

中国版本图书馆 CIP 数据核字(2022)第 258046 号

哈尔罗杰历险记
猎场剿匪
LIECHANG JIAOFEI
[美]威勒德·普赖斯 著
骆行健 译

*

北 京 出 版 集 团
北 京 少 年 儿 童 出 版 社 出版
（北京北三环中路6号）
邮政编码：100120

网　址：www.bph.com.cn
北 京 少 年 儿 童 出 版 社 发行
新 华 书 店 经 销
三河市天润建兴印务有限公司印刷

*

880毫米×1230毫米　32开本　5.25印张　150千字
2012年1月第1版　2024年1月第2版　2024年4月第2次印刷
ISBN 978-7-5301-6548-5
定价：28.00元
如有印装质量问题，由本社负责调换
质量监督电话：010-58572171

序 言

  我们的脑袋是圆的,像个地球仪。而且每个人的脑袋里,可能会想到地球,它的体积有多大?年龄有多大?有哪些有趣的人和事?但对任何人来说,地球都是一个庞然大物,即使倾其一生,也不可能把它跑遍了。怎么办呢?有一个捷径,即看书,这叫作"秀才不出门,便知天下事"。如果你想了解地球上都有些什么新鲜事,特别是大自然中的新鲜事,我建议你看一看"哈尔罗杰历险记"。

  威勒德·普赖斯先生出生于1883年,他是个幸运的人,一生中跑了77个国家和地区,包括我们中国,遇到过许多新鲜的人和新鲜的事。他又是一个愿意奉献、不甘寂寞的人,不想把自己的知识和见闻都烂在肚子里,于是便动笔写了一套书,献给全世界的孩子们。于是,在70多年前,就诞生了哈尔·亨特和罗杰·亨特两兄弟的角色。

  哈尔和罗杰是约翰·亨特的儿子。约翰·亨特是动物博物学家,几乎跑遍了全球去了解和收集各种各样的珍奇动物。哈尔和罗杰不仅继承了老亨特的基因,而且也继承了爸爸的事业和兴趣。在老亨特的鼓励和安排下,哈尔和罗杰走南闯北,历尽危险和艰辛,从亚马孙丛林到南太平洋小岛,从非洲大陆到格陵兰冰原,从世界上第二大岛新几内亚到地球上最高的山系喜马拉雅山,从正在爆发的火山口到危机四伏的海底世界,足迹延伸到世界各地的各个角落。他们冒着生命危险,勇敢地追逐丛林巨蟒,制服热带巨蜥,巧捕非洲白象,激战北极之王北极熊,深入海底猎奇,大战庞然大物杀人鲸,不仅与凶猛的动物较量,还得与贪婪的人类争斗,常常是弹尽粮绝,走投无路,只能依靠自己的智慧和勇气,才能置之死地而后生。当然,不可能所有的人都像哈尔和罗杰那样,有机会到世界各地去旅游、探险。正因如此，所有关心地球和热爱自然的人，不妨都抽空看看"哈尔罗杰历险记"这套书，希望你能进入角色，设身处地，感同身受，与哈尔和罗杰一起，深入广袤无垠的大自然去畅游、搏击，追随那些曲折的情节，体验无数惊险的场面，肯定会使你深感刺激。而且，书中丰富的知识和简练的语言，也会令人受益匪浅，回味无穷。

最后，还要加上几句，就是关于亨特一家的事业。他们到世界各地去猎取和收集各种各样的珍奇动物，送到动物园和博物馆。一方面固然为人们休闲娱乐、观赏和了解地球上的各种动物做出了贡献，但是另一方面，他们也伤害了许多动物，伤害了大自然……

与70年前相比，人类现在更注重生态保护，对大自然和动物界的了解，都要客观而且深入得多了。但也产生了另外一种值得注意的倾向，就是一厢情愿地去和动物亲近，以至于有人和自己的爱犬亲吻，结果被咬掉了嘴唇。我们说，动物是我们的朋友，是指我们和动物同是生命世界之一员。但这并不意味着，我们就可以和北极熊拥抱，可以跟老虎接吻。动物就是动物，人就是人，即使地球上最最温和友好、亲切好奇的南极企鹅，当我想去摸它的脑袋时，它也会奋起反抗，摆出一副决一死战的架势。因此，我认为，人类和动物朋友的交往，应该是"君子之交淡如水"，最好的做法就是不要去干扰它们，当然更不能去伤害它们。

位梦华

中国最先登上南极大陆的科学家之一
中国作家协会会员、中国科普作家协会会员
享受政府特殊津贴、有突出贡献的科学家

目录 CONTENTS

1 偷猎者的天堂 　　　　1

2 毒　箭 　　　　8

3 与死神赛跑 　　　　13

4 法　官 　　　　20

5 是朋友还是敌人 　　　　25

6 半夜来访的豹子 　　　　34

7 黑胡子出现了 　　　　45

8 黑胡子不见了 　　　　54

9 老虎马 　　　　57

10 罗杰的猎豹 　　　　67

11 恶作剧 　　　　73

12 营　救 　　　　78

13 红色的尘土	83
14 猎豹的晚餐	90
15 审　判	98
16 老码头	105
17 3000万岁的动物	112
18 树梢旅馆	116
19 悄悄话之家	122
20 人类兴旺　动物消亡	130
21 催泪弹	136
22 屠　杀	141
23 飞机坠落	148
24 黑胡子落网	153
25 吃人的狮子	161

1

偷猎者的天堂

这次旅行充满了艰险。但是哥哥哈尔已经 19 岁,长成大人了,应该什么也不怕;而弟弟罗杰还太小,才 14 岁,所以还不知道什么是"怕"。

小飞机越过月亮山,朝东南方向飞往察沃,他们感到一种从未有过的激动。察沃国家公园,这儿本来应该是各种珍禽异兽的休养生息之地,而眼下却成了充满神秘、恐怖的杀戮场所。

一帮一帮的偷猎者在这里捕杀数以百计的大象、犀牛、长颈鹿、河马以及其他的野生动物。

什么叫偷猎者?在非洲,这就是指那些未取得许可证就猎杀动物以获取它们的牙、角或其他值钱的部位,将这些东西卖掉以获取暴利的强盗。

公园守备队队长克罗斯比无法制止这种杀戮行为,他的公园守备队总共才有 10 名队员,这么大的国家公园如何看得过来?忧虑已经在克罗斯比的前额刻下了深深的皱纹。他现在正坐在驾驶员位置上,双手握着操纵杆。飞机掠过维多利亚湖上空——这儿是尼罗河的源头,当年斯坦利就是在这儿碰上利文斯通[①]的——掠过广

[①] 利文斯通(1813—1873):英国传教士,曾独自深入非洲,正当人们得不到他的消息以为他失踪的时候,英国探险家斯坦利(1841—1904)在维多利亚湖附近发现了他。——译者注

阔的狮子出没的原野，飞越白雪皑皑的乞力马扎罗峰。克罗斯比对这一切都极少留意，他心里正想着远方的那块土地——血腥、恐怖、痛苦、死亡之地。

"这是一场战争，"他说，"一场我们处于下风的战争，我们快输了。我们只有10个人，以10个人对付几百个匪徒！我们刚把他们从一个地方赶走，他们立刻又在另一个地方冒了出来。毫无办法！"

"你们的人当中有没有牺牲了的?"哈尔问。

"我们原来有22名队员，已经有12个人被害。"

"是毒箭吗?"

"对。所有的偷猎者都是全副武装的——大多数带着弓和毒箭，有一些带着长矛和丛林砍刀，还有的带着长枪。我们有两个人被他们设下的机关夹住了，死得真惨哪！一个月后我们才找到他们的骨头架子。"

"怎么是骨头架子?"

"就剩下了骨头架子。"

"我想，他们是渴死的，后来鬣狗把他们身上的肉都啃光了。"

"他们死得没那么舒服。鬣狗不会等你死了才上来。你要还能反抗，它就怕你，可一旦它们发现你已经给夹住了，它们就会一群全扑上来。那两个人是活活被吃掉的！"

想到那两个人慢慢地受着这种痛苦而死，哈尔不寒而栗，罗杰也直发抖。他真有点后悔了，觉得当初就不该来这里。

"你为什么认为是鬣狗，"哈尔问道，"而不是狮子或豹子呢?"

1 偷猎者的天堂

"一般来说，狮子是好汉，它很少攻击别人，除非它受到攻击。豹子不那么斯文，它在丝毫未受到刺激的情况下也会攻击别的动物。可是豹子有一个怪习惯：它吃饱以后要把剩下的部分衔到一棵树上藏起来，留作下一顿的美餐，别的动物发现不了。豹子的力气非常大，完全可以把一具尸体从夹子里拽出来带走，甚至可以拉走两倍于它身体重量的东西。但是那个地方没有发现这一类的事情。因此，一定是鬣狗干的！也可能还有兀鹰，它们总是跟在鬣狗的后边，把鬣狗吃剩的一股脑儿地全部吃掉。"

哈尔和罗杰面面相觑，探险的热情一下子凉了许多。当克罗斯比飞临月亮山请他们来帮忙的时候，他们对他表示热烈的欢迎，并同意了他的请求。因为这对他们来说似乎是一次真正的探险的好机会，还可以从偷猎者手中挽救那些濒临绝境的野生动物。另外，在某种意义上说，这也是他们工作的一部分。他们的父亲约翰·亨特把野生动物送到动物园，让它们在那里得到精心的照顾，还可以给成千上万的人提供知识和娱乐。他教导孩子们要热爱野生动物。在兄弟俩开始学习捕捉野兽的探险中，总是他带着他们一道进行。要是野生动物都被偷猎者杀死了的话，那他们那些活捉的本领还有什么用？

就这样，当他们与30个黑人队员一起在月亮山把一伙偷猎者从藏身处赶跑了之后，克罗斯比就来请他们帮忙对付察沃的偷猎者。他们与在纽约附近的野生动物基地的父亲通了电话，征得了他的同意。现在他们开始怀疑：自己是否承担了力不能及的事情。

克罗斯比猜到了他们的想法。

"我希望我没吓着你们。"他说。

1 偷猎者的天堂

"吓着了我们？当然不！"哈尔坚定地说。

"你们的人什么时候能到这里？"

"呃，顺着公路大约有 1000 千米，我们那些吉普和路虎越野车都不是高速车，不过明天中午之前他们到得了这里。"

"你们来帮我的忙，我真是感激不尽。"

"先别谢吧！你先看看我们能干些什么事吧——如果有事的话。"

"到了，"克罗斯比指着雪山拐弯处过去的地方说，"那就是察沃！"

真是一派秀丽的景色，森林、草原、平缓的小山冈、银色的河流、宁静的湖泊、明媚的阳光、朦胧的树影，明明是个和平的乐园，谁会相信这块美丽的土地竟是野生动物的死亡之谷。

罗杰叫了起来："伙计，太美了！"他对美丽的景色有敏锐的鉴赏力。他哥哥说得有点儿不一样："看起来真有点儿像仙境。"

"真是仙境，"克罗斯比说，"如果我们能赶走那些偷猎匪徒的话。这儿本来会成为动物安全的避难所、参观者的大公园，而现在这儿是一个死亡的陷阱。你们看到河流变宽的那个地方了吗？河在那儿几乎变成了湖。我们在那里有一个水下观察室，可以走到水下的房间里，透过舷窗看到鳄鱼在水中游泳，河马在水底行走。但是最近，偷猎者屠杀了几十头河马，所以现在只能看到一大堆腐烂的尸体。这些腐烂的尸体污染了河流，冒出一股难闻的气味。一些小河马还活着，饿得难受，它们拱着死去的妈妈要奶吃。这罪它们用不着受很久——鳄鱼会把它们咬死吃掉。"

哈尔问道："偷猎者把河马杀了又让它们腐烂掉，这对他们到底有什么好处?"

"哈,他们得到了他们想要的东西,河马的脑袋被他们砍走了——一个河马头值2000美元,河马的皮也被拿走了。"

"他们要河马皮做什么用?"

"做鞭子。河马皮很厚,他们把这些皮搁在阴凉处,几个星期之后,阴干了的河马皮就硬得像木头似的。再把这些皮锯成一根根的皮条,约9米长,这可以用来做手杖。但一般是用船运往南部非洲,布尔人①把一根根的皮棍子的边缘修整齐,弄得像刀一样锋利,做鞭子用,他们把这叫作'斯牙母博克斯'。这种鞭子打在身上就跟刀割似的。牛很怕这种鞭子,当然,人也怕。如果一个老板手里拿着根'斯牙母博克斯',你千万不要惹他,好多人就是死在河马皮做成的鞭子之下的。"

"在我看来,这是地地道道的残忍。"哈尔说,"杀掉一只河马,为的是得到一件杀人的工具。"

"这是一种卑鄙残忍的买卖,也是大买卖。当然,自古以来就有偷猎的事,但在这之前还是小买卖。一个本地人想弄点肉,就出去打死一只羚羊,但现在是有组织的大规模的偷猎。他们现在想得到的不是晚饭的一盘肉,而是数以百万计的美元。也不是这里那里一两个单独干的偷猎者,现在是一支偷猎大军,由一个叫'黑胡子'的家伙指挥的偷猎大军。人们叫他黑胡子,因为他长着黑胡子,也因为他的确像原来故事里头那个海盗黑胡子,只不过他抢的不是金银财宝,而是象牙、象尾巴、动物角、动物皮

---

① 布尔人:南部非洲荷兰移民的后裔。——译者注

等等，而且他的残忍和杀性比起海盗黑胡子来，有过之而无不及。"

"谁是黑胡子？"

"我要知道就好了。他是个神秘的人，我认为他不是本地土著居民。我们做过种种猜测，但总是不得要领，说不定你们能揭开这个谜。我们曾经想过，会不会是蒙巴萨的某个商人？我们知道那里有大量的河马头、象牙、犀牛角，值钱的豹子皮、猎豹皮、猴子皮、大蟒皮，都是从蒙巴萨运往世界各地去的。有人在从事这种非法的买卖，大发横财。说不定不是个商人，而可能是个军人，军人才知道如何管理这支偷猎大军。这一切仅仅是猜测而已。他是谁？不知道。没抓住他之前，这一切都还可能继续下去。"

2

毒 箭

现在,飞机正朝着这块多事的乐土滑下去。这是一架鹳式飞机——德国造的四人小飞机,双驾驶座——一根操纵杆紧握在驾驶员克罗斯比队长的手里,另一根则在哈尔的身前不停地动来动去,他坐的是副驾驶的位置。

哈尔很想握住另一根操纵杆,但他没有把握是否驾得好这玩意儿。他曾经驾驶他父亲的"内伏恩"飞过长岛,但那完全是另外一种玩意儿。你瞧,仪表盘上每个仪表装的好像都不是地方,而且用的都是"米""千米""摄氏度"以及其他的欧洲符号,还是德文。另外,每一架飞机驾驶起来都跟另一架不一样,这一架飞得稳稳当当的像匹辕马,而另一架却颠簸得像一匹横冲直撞的野马。他希望有一天能让他驾驶这架飞机,当然,他得在克罗斯比的指导之下好好练习。

"那座尖尖的小山上,有一座亭子,那是公园守备队的瞭望哨。它的前部有一台望远镜,全天都有队员值班,搜寻偷猎匪徒。"

"从那儿可以看多远?"

"不怎么远。几千米之内,一切都看得清清楚楚,但再远就被山冈和森林挡住了。要观察到整个公园,就得设上百个这样的观察哨,就得有上百个哨兵,这当然办不到。所以我们只好靠这

2 毒 箭

个活动观察哨。"

"你是指这架飞机?"

"是的。但只有我一个人会开,我又不能一天到晚老待在天上——我还有其他事情要做。我要是发现了偷猎者并确定了方位,就立刻飞回营地,把所有没出外勤的队员召集起来,坐车赶往那个地方。如果只有一两个偷猎者的话,我们也许可以把他们抓起来;但如果是一大帮的话,我们能仅牺牲一两个人,其他人活着返回营地就算幸运的了。喏,现在你们可以看到我们的营地了——就在瞭望哨的那一边。"

哈尔已经看到,8千米之外,有一簇茅草盖的小屋,那就是有名的凯坦尼狩猎旅店了。从欧洲和美国来的游客都要在这儿待上几天,体验完全置身于野兽之中的惊险刺激。哈尔发现整个营地(也就是狩猎旅店)周围既无围墙也无篱笆,他感到十分惊奇。

"你们如何把野兽挡在营地外?"

克罗斯比哈哈大笑:"我们不挡。我们不可能建起一堵足够坚固或是足够高的墙。豹子和狮子一下就可以跃过一般的墙头;大象可以推倒大树——它当然也能推得倒一堵墙;犀牛对任何挡住它的路的东西都十分恼火,它会对着墙直冲过去,把墙撞穿一个洞;野牛的脑袋硬得就像古代攻城用的攻城锤,它们可以把载重卡车撞得稀巴烂。一群乱窜的野牛要是心血来潮,想看看墙那边有些什么东西的话,它们可以轻而易举地把墙撞垮。是的,墙毫无作用。至于篱笆,一夜之间就给你踩个稀巴烂。"

"那么,你们让野兽一直进到营地里来?"

"对。它们白天很少来，但每天夜里都有野兽光临。我们告诫客人们：日落之后就待在自己的小房里，千万不要在月光下散步。同时，晚上还要把窗户关好，不然豹子会爬进来。大象会来找水喝，有一头狡猾的老家伙已经学会打开园子里的水龙头——但它从来不费心再把龙头关上。它总是痛饮一场之后就扬长而去，还得我去把龙头关上。"

罗杰锐利的目光一直在扫视着地面。

"说到篱笆，那一边好像有一道——左边，那是什么？"

队长朝左边看了一眼，立刻把飞机转了个方向，直朝那道看起来像道篱笆的东西飞去。

"你的眼神不错，"队长对罗杰说，"你可以当一名很好的守备队队员。那是一条陷阱线。"

"陷阱线？"

"偷猎者设下的一个挨着一个、连成一气的陷阱。"

"但看上去像是一道栅栏或是树篱笆。"

"的确像。偷猎者用一丛一丛的蒺藜堆成一道篱笆，这一道似乎有2千米长。但你们瞧，篱笆当中留着一个个的空，在这每一个空的地方，他们就设下一个机关。"

"这是什么意思？"

"呃，比如说，你是只野兽，你来到这道篱笆跟前，想过去，但篱笆太宽，跳不过去；你也不想钻过去，不想让那些8厘米长、尖利如针的刺扎在身上，所以你就沿着篱笆跑，希望能找条路穿过去。你看到了一个洞口，于是朝里钻，突然你发现自己陷入了困境：头穿过去了，可是脖子却给铁丝死死地勒住了，你越

2 毒 箭

使劲挣,它勒得越紧。你挣扎,扭动着身子,铁丝就越勒越深,直到勒出血来,被血腥味引来的食肉兽就会把你活生生地吃掉。"

"如果我被吃掉,那偷猎者不就什么也得不到了吗?"

"啊,不,他们会得到的。如果你是一头大象,他们要的是你的牙,或许还要你的脚做成废纸篓,也可能还要你的尾巴,卖了当拂尘。其他野兽是不会吃这些部位的。这样,野兽得一顿美餐,偷猎者得其他部分,双方都心满意足。"

现在他们正朝着蒺藜篱笆急速下降。

"你想干什么?"哈尔问道。

"我想吓唬他们一下,让他们知道,他们的老巢已经被发现了。有时候这样来一下也可以使他们滚蛋,当然,也可能一点作用也没有。他们可能有很多人,他们也知道我们的人少得可怜。但是他们不知道,明天,我们就要增加30个人了——你们的人。我们明天到这儿来,全体出动,要出其不意,打他们个措手不及。嗯,现在我让你们见识一下,什么叫陷阱线。"

飞机往下滑了一点,篱笆的一端正好在飞机下方。兄弟俩朝下一看,发现几乎每一个洞口都夹住了一只野兽。有的静静地吊在那里,毫无声息;有的还在拼命挣扎,透过飞机的轰鸣还可以听到它们的嘶叫声。成群的鬣狗、豺、野狗正在大享口福。可以听得到鬣狗奇怪的"笑"声、野狗的狂吠、豺的叫声,偶尔还会听到豹子和狮子的吼声。

为了让兄弟俩看得更清楚,队长把速度降到每小时50千米,鹳式飞机放下襟翼后,以这种缓慢的速度可以飞得相当好,虽然它平常的速度可达每小时230千米。

可以看到偷猎者在树林里搭的临时小棚了，克罗斯比从15米的空中仔细地审视着偷猎者的营地。"比我想的要大。"他说道。

突然，树林里冲出了一群人，手里都拿着弓和梭镖，一排镖和箭射向了小飞机。

如果这是一架普通的飞机，这些雨点般射在机身底部的镖和箭一点用也没有，但鹳式飞机的机舱是一个密闭的有机玻璃罩，舱罩在机身底部甚至还向内弯进少许，这是为了方便机内人员可以直接观察地面情况。这对于增大能见度无疑是很理想的，但就是易于遭到地面的攻击。

克罗斯比的手握着操纵杆，因此他的肘部刚好搁在有机玻璃罩的突出部上。突然，他轻轻地"哎哟"了一声，手臂猛地朝里一缩。他的一只手臂垂了下来，他改用另一只手握着操纵杆。他猛地加大油门，把飞机拉了起来，远远离开地面的射击，然后拉平，直朝凯坦尼狩猎旅店飞去。

3

与死神赛跑

哈尔并不知道出了什么事,但坐在队长后面的罗杰看到一支黑箭射中了队长手臂肘弯上去一点的地方,箭头射穿了手臂,在另一侧露了出来。

"哈尔,你看!他的手臂……"罗杰喊着。

哈尔朝前弯下身子,看到了队长想藏住的手臂及黑箭。

"现在还不要紧,"克罗斯比说,"关键是在我昏倒之前把你们送到营地。"

"你认为这是毒箭?"

"可能。"

哈尔仔细地看着箭头,看看上边是否有黑色的胶状物,那是用剧毒的木苷树熬出来的毒药。

"上面除了你的血之外,什么也看不到。"

"在箭头部分你是看不出什么东西来的,他们不把毒药敷在那里。"

"为什么?"

"因为可能扎着他们自己,一个成天在丛林中跑来跑去的人,背着一大筒毒箭,带毒的箭头朝上竖着,这对他们自己和他们的伙伴都非常危险。"

"那他们把毒药涂在哪一部分呢?"

"箭杆紧挨着箭头的地方。"

"那一部分正扎在你的手臂里,我们是否应该尽快把它拔出来?"

"你够不着。"的确如此。前边的两个座位相隔几十厘米,哈尔要够到队长受伤的靠外侧的手臂,就一定会妨碍飞机的驾驶。

"我够得着,"罗杰说,"告诉我应该怎么办。"

哈尔想,箭头是带倒钩的,"不要朝后拔,试试先把箭头折断,然后把箭杆拔出来。"

罗杰朝驾驶座的椅背上俯下身子,抓住箭头,拼命想把它折断,但这木头非常硬。他使出了更大的劲儿,啪——带倒钩的箭头终于断了。他累得满头大汗,双手沾满了鲜血,还有点晕——不是因为累,而是因为想到队长受了多大的痛苦。克罗斯比却一声不哼。

现在是最疼的时候了,罗杰希望他的病人能少受点罪,他估计猛地一使劲就可以把箭杆拔出来。他双手紧握箭杆,咬着牙,使劲往后一拽。箭杆卡得那么紧,连飞机也给拽得摇晃起来,克罗斯比立刻把它控制住。

"一定是卡在骨头和肌肉之间了,"哈尔说,"再来一下吧!"

罗杰以前曾有过想当外科医生的念头,现在他改变主意了。只见他全身大汗淋漓,这倒不是因为肯尼亚这个国家正在赤道上的缘故,而是因为他知道他的动作会给队长带来剜心般的疼痛。他再次用沾满血的双手紧握住箭杆,使出全身的劲儿猛地一拉,却没成功。

他上下晃动箭杆,想把伤口弄大一点,他知道这一定疼得要

3 与死神赛跑

命,但没有别的办法。又拽了一次,箭杆终于被拔出来了。

克罗斯比队长张开了紧闭着的嘴。罗杰想,他一定会大吼一声"你这个笨蛋",然而队长却说道:"能干的孩子!"

"把箭杆给我!"哈尔接过箭杆,查看刚才扎在肉里的那一段,透过血渍,他还是看到了一点黑色的胶状物体。

"我看就是那个东西。"

队长的吉凶如何?他可能活下去,也可能死掉。哈尔过去曾经看到过非洲人炮制这种毒药。他们自己也怕得要死,非常小心,一小点儿也不敢沾到身上。他们要到树林里熬煮,而不在村子里——因为那样太危险了,毒液可能会溅到身上,如果皮肤上有哪怕是一点点伤痕,即使只有针尖那么大,毒药也会进入身体。

结果如何?这就得看毒药的药劲如何以及中毒的人身体能忍受的程度如何。一个孩子几分钟之内就可能死掉,一个妇女可能在被抬回村子的百余米的途中死去,而另一个可能是20分钟以后才死。哈尔曾听说一个男人3小时之后才死;而另一个体格强健的人被敌对部落的人射中之后,昏迷了两个小时又活过来了。

毒药新鲜与否,其药力也有区别。如果新鲜,那会立刻见效;如果涂在箭上已经很多天,发干了,还蒙上灰尘,就可能不那么致命。

克罗斯比队长倒在了操纵杆上,操纵杆被撞到了前边的位置。顷刻之间,飞机急转成螺旋状,朝地面冲去。哈尔抓住他前面的那根操纵杆,试图朝后拉,但拉不起来——队长全身都压在了操纵杆上,他太重了。

地面以吓人的速度朝飞机扑来，哈尔大声喊着罗杰："把他拉起来！"

在这飞速旋转得像陀螺似的、发了疯的飞机上，罗杰千方百计坐稳身子，利用扣在身上的安全带，一只手撑在前座的椅背上，另一只手绕过队长的脖子，把他使劲朝后扳。克罗斯比很重，要不是罗杰自己也是个大个子的话，他根本别想搬动这个大块头。他终于把队长的身体抬起了几厘米，又是几厘米。与此同时，哈尔把操纵杆朝后拉，飞机那令人头晕目眩的下降慢了下来，并开始抬头了。又旋了几圈，飞机终于平稳了，螺旋状态解除了，飞机呼的一下直朝上钻。好险，刚刚来得及避开一棵高大的木棉树。

罗杰抱着不省人事的队长，哈尔操纵飞机——一架不熟悉的飞机，既无人指导，以前也没练习过，真不容易。他不得不凭猜测来使用那些仪表——有些完全是瞎猜。

刹车那玩意儿在什么地方？是蹬踏板刹车？最麻烦的是着陆，必须早做准备，如何放下襟翼？六七根操纵杆，哪一根可能是操纵襟翼的？他一根一根地试，终于找到了可以起作用的那一根——飞机猛地一升一降。一旦着陆，他就必须用刹车，以免飞机滑出跑道，撞到树或房子上。可是不真正着陆，他就无法知道该如何刹车，然而到着陆时再找刹车可能就来不及了。

他一直盯着飞机的前方，想找着陆点，他把营地四周都找了一遍，就是看不到一条沥青跑道。最后，总算看到了一只风向袋，那一定是机场的标志，可跑道在哪儿？看来，所谓机场仅仅是一块空地而已。

3 与死神赛跑

现在他已经飞临营地上空，飞机在着陆场上空盘旋，他得考虑如何着陆才能不撞上场地两端的树木。

他正想下降，突然，他发现场地当中有些奇怪的东西，一些黑黄色的东西躺在青草地上，后来，有一部分动了起来。啊！一群狮子。

它们在晒太阳，几乎不为这轰隆作响的飞机所影响。哈尔知道，狮子不在乎飞机、火车或汽车。他不止一次驾着车接近过一群狮子，并停在离狮群不到 5 米的地方，而它们却一点都不挪动。百兽之王嘛，它们不是那么好吓唬的。

但他不能等，它们也许会在这儿待上一个小时，或者更长时间而不动地方。可是他的飞机上有一个病人需要立即抢救，他不得不想法赶跑它们，而且要赶紧。

他把飞机降到离地面不到 6 米的高度，狮子们仍然舒舒服服地躺在草地上，有的懒洋洋抬起头看看天上，有的连眼都懒得睁开。有一头黑鬃雄狮四脚朝天仰卧在那儿，它甚至连身都懒得翻一下。

哈尔转了个圈又飞了回来，这次飞得更低。他把油门开到最大，发出尽量大的轰隆声。这样做很危险，离地面那么近，时速达 220 千米。有一头母狮大概觉得还是走远点儿好，便领着一窝狮崽走开了。

由于这一次成功的鼓舞，哈尔又来了一次。这一次飞机低得几乎把这些兽中之王的毛都给烧掉了——当然没烧着。但他飞得那么低，当他转圈的时候，他看到那些狮子都站起来了，雄狮们愤怒地吼叫着，就连那头仰面而卧的黑鬃雄狮也注意到了这只嗡

3 与死神赛跑

嗡叫的大牛虻。全部狮子带着一种尊严慢吞吞地离开了空地。

哈尔立刻放下襟翼，减速滑行。着陆还算不错，刹车制动装置似乎跟他原来所想的一样。在离空地尽头的大树数米的地方，飞机颠了一下，终于停住了。

4

法 官

克罗斯比似乎完全昏死过去了。哈尔摸了摸他的脉搏,心脏还在跳动,虽然很微弱,但还有希望。

他们小心地把毫无知觉的队长抬到地上。从营地里跑来了一个人,身穿一套浅色短袖制服,黑色的手臂和小腿露在外边,显得很精神。他头戴一顶战斗帽模样的帽子,前边有帽徽,后面有遮颈布,那是为了防止虫子钻进衣领里面去,像旧时的法国外籍兵团那种打扮。他肯定是守备队10名队员中的一个。

他弯腰看着躺在地上的队长问道:"什么事出了?"①

"毒箭。"哈尔说。

他把耳朵贴着队长的胸膛。

"不死,我们给法官。法官,他能。"

"现在需要的是医生。"

"没医生,法官,他好,他能。"

哈尔没有再问这个"能"的法官,有一件事是立即要做的。他取出手绢,绑扎在队长那只受伤手臂的上部。然后,他们一起把克罗斯比抬进房子。房子里摆着舒适的椅子和一张大写字台。很明显,这间房子是一房二用的,既是他的住房,也是他的办公

---

① 守备队队员是当地人,英语不好。——译者注

4 法官

室。不省人事的队长被抬进卧室，放到床上。就在这个时候，一个小个子冲进了房间。

"这就是法官，"队员说，"他能。"

从法官的肤色和长像判断，他可能是印度人，在肯尼亚有很多印度人。

"出事了？"他问道。

哈尔简略地把事情说了一遍。

"啊，行了。"小个子法官说，"多巧啊，刚好我在这儿，我完全知道该怎么办。"

罗杰的眼睛总是能看到别人看不到的东西，他注意到，法官的眼里闪过一道亮光。这个法官似乎乐不可支，也许他天性快活，也可能他因为自己能帮忙而感到高兴。

"首先应该把止血带取掉。"他快手快脚地解开手绢，丢在一旁。

"这是我刚刚绑上的，"哈尔说，"我是想阻止毒药流到全身。"

"你的想法是好的，"法官和气地说，"但是，你瞧，让毒液在全身散开比集中在一个地方要好些。"

哈尔过去从未听到过这种理论，但这个理论听起来似乎也还有点儿道理。

"是否应该用蒸馏水冲洗一下伤口？"

"你又错了，我的孩子。"法官的口气就像一位父亲在温和地责备自己的傻儿子，"他现在需要打一针。"

"碳酸铵？"

法官的眼睛眯成了一条缝，他似乎吃了一惊，哈尔也懂这些事，他感到有一点儿不安。他用甜蜜的微笑掩盖了自己的不安。

"对，对，"他回答说，"我到药房去看看还有没有。"

他离开卧室，穿过起居室，到了另一个房间。哈尔悄悄地跟着他，他来得正是时候，刚好看到法官从架子的前排拿起一个瓶子放到了其他瓶子的后面，这样那瓶子就不容易被看到了。

法官转过身，看到了哈尔，立刻说道："这儿没有碳酸铵。不过没关系，我还可以用其他更好的药，可罗明——一种强心剂，他现在正需要，它能使他的心脏保持跳动。"

哈尔表示同意。他又恢复了对小个子法官的信任，他也帮着在架子上找可罗明。正在这个时候，罗杰喊了起来："哈尔！快来！队长不行了！他没气儿了！"

哈尔跑到卧室，看到队长的脸白得像一张纸，身上冒出一颗颗的汗珠子。哈尔立刻趴下用嘴对着队长的嘴，有力地朝队长的口中呼进空气，然后吸出，呼、吸、呼、吸，一直做到病人又重新开始呼吸。但是病人的呼吸太微弱了，随时都有可能停止，除非心脏功能得到加强。法官怎么搞的！可罗明呢？

法官来了，举着个注射器，立刻朝伤口处扎去。奇怪！怎么朝伤口注射，大腿不是更好吗？突然，哈尔发现针筒里装的是一种暗棕色的液体。他突然感到一股恐惧，一把抓住了针筒，在法官还来不及推进药水时拔出了针头。法官目瞪口呆地看着他。

"请原谅，"哈尔说，"是不是弄错了？这不像是可罗明，而像是木苷。"

法官看了一会儿注射器，然后说："我相信你是对的。你发

4 法 官

现了这个错误,我很高兴。我明白是怎么回事了:这两个瓶子放在了一块儿,我弄错了。"

哈尔立刻跑向药房,法官也跟了去。哈尔有些疑心,但他看到的确像法官所说的那样,他的疑心就烟消云散了。两个瓶子,一个上面标着"可罗明",另一个上面标的是"木苷"——这是打猎的人对这种致人死命的箭毒木苷的简称,两个瓶子的确紧挨在一起。这种放法本来也是很正常的事,因为它们经常是被先后使用的:在必须捕一些像犀牛、大象之类的庞然大物时,队员们就得用那么一小点箭毒,足以使野兽昏睡而又不会死;把这些野兽关进了笼子之后,注射一针可罗明,它们就会醒过来。

哈尔打消了不友好的怀疑,他帮着找了一支干净的注射器,灌好可罗明。

"让我来吧!"哈尔自己拿着注射器,来到卧室,在病人的大腿上打了一针。

他把着脉守候在队长身旁。开始,队长的心跳很微弱,哈尔的手指几乎摸不到他的脉搏。后来,心脏突然急剧跳动,这并不是好事。但最后逐步恢复到正常的速度,缓慢而有力。

在这段时间里,法官一直在房间里走来走去,显得十分焦急。

"队长是个优秀的人物,"他说,"我们不能失掉他,我们需要他的帮助,以把我们那些可怜的珍贵动物从偷猎者手中挽救出来。这是连着我的心的一项事业,事实上,我本人就是非洲野生动物协会的理事。真的,这些可怜的动物所受的种种折磨简直令人掉泪,对那些惨无人道的偷猎者给予什么样的惩罚都不为过。

当然，作为法官，我在法庭上收拾他们。当他们站在我的面前的时候，你可以相信，他们会为他们的罪行吃苦头的。"

法官看着队长一动不动的身体，眼里充满了泪水。

"我们就像亲兄弟一样，队长和我。他要死掉的话，我的心会碎的。"他拿出手帕擦了擦眼睛。

哈尔想，他要么是个好心的大善人，要么是个演技非凡的演员。哈尔总是愿意相信人们好的一面，所以，他断定法官一定是个好心的大善人。

但是罗杰却是皱着眉苦着脸看着法官的，就像是闻到了什么难闻的气味似的。

5
是朋友还是敌人

　　病人轻轻地动了一下,法官一下冲到床边,对哈尔说:"我来替你吧!"哈尔离开床边,法官取代了他的位置,也用手指头摸着队长的脉搏。

　　这样,当队长睁开眼时,他最先看到的就是这个好心的大善人那张焦虑的挂满泪珠的脸,他最先感觉到的就是法官搁在他手腕上的温暖的手。

　　"谢谢你,法官,"他说,"我总是得到你的帮助。"他看到了兄弟俩,就问道:"认识了吗?"

　　"还不完全认识,"法官说,"我们一直在为你担心,还没来得及互相介绍。"

　　"那么,与哈尔·亨特握握手吧,那是他弟弟罗杰。孩子们,认识一下辛达·辛格法官,我最亲密的朋友。你救我的命这已经不是第一次了。你是用的什么办法,辛达?"

　　"没什么,我的朋友,"辛格法官用他那柔和悦耳的嗓音回答,"只不过知道该做什么而已,可罗明,诸如此类。"

　　"法官是个很谦虚的人,"克罗斯比对兄弟俩说,"我希望你们当时能好好瞧着,将来万一碰到中毒之类的事,就知道该如何处理了。"

　　"是的,"哈尔说,"我们当时是好好地瞧着了的。"

他还想说:"如果不是我们好好瞧着,你现在已经完蛋了。"但话到了舌尖上,他又忍住了。毕竟,任何人都可能犯那种错误——在注射器里装错了药水。一定是个误会。这个令人愉快的小个子法官有什么理由要害死队长呢?

当然,如果有谁真想害死队长的话,那的确是个好办法:伤口上已经有了箭毒存在,如果再往这个地方注射另外的箭毒,谁也不能说这不是毒箭上带的,即使做尸体解剖也不会搞得清楚。哈尔驱散了这个坏想法,小个子法官看到病人醒过来后的满面笑容就是一个明证:他对朋友一片忠心。

"辛达,你知道了一定会高兴的,"——队长的声音现在有了点劲儿——"孩子们将要帮我的忙,一起搜捕偷猎者。"

"很好,"法官满面笑容,"但是,我满怀敬意地说,恐怕两个孩子对付不了那一帮帮杀戮成性的匪徒吧。"

"一般的孩子当然对付不了。这两个可不是一般的孩子,他们这方面的经历非常丰富。他们的父亲教会了他们在艰苦的地方如何生活;他们活捉了不少野兽,甚至大的——你不记得了,报上还报道过他们在月亮山捕到了一头白象?"

"同偷猎者作战,与捕捉野兽可有点不一样。"法官委婉地暗示。

"这他们也有过经验,不管怎么说,他们还有 30 个助手——现在正在路上。"

"什么时候到?"

"明天中午。"

这个消息让小个子法官像触了电似的。

5 是朋友还是敌人

"噢,噢,我该走了。我要到内罗毕去,刚才是顺路来看看你。我必须走了,不然深夜之前我就赶不到了。马克,好好照顾自己。真倒霉,你挨了那一箭。你刚才说的那帮匪徒在哪儿动的手?"

"我刚才没说呀。他们的营地在正西,距离这儿大约有10千米。"

"祝你们的行动能成功。我真希望能与你们一道去,但我明天很忙。孩子们,很高兴认识你们。留点神儿!记住,这儿可不是纽约的长岛。"他朝兄弟俩甜甜地一笑就走了。

"你们今天累了一天,"队长说,"该休息了,不用再为我担心——我会好的。你们的房间是三号,没锁,你们就进去吧,别拘束。如果需要什么,就跟队员们说。"

他们从队长的小房出来时,刚好看到一辆小汽车开走,那肯定是辛格法官。但有点不对头,汽车不是朝北驶上通往内罗毕的公路,而是向正西驶去。他们眯着眼看着朝西下的太阳驶去的小汽车,直到它消失在森林的后面。罗杰不安地说:"那个家伙做的事总有点可疑。"

小房——非洲人称为"板达"——很舒适,实际上,对两个孩子来说几乎是非常豪华了。在这以前,他们在月亮山的时候一直是住在帐篷里。小房里有一间很大的起居室,放着大椅子,可以靠在上面,看茅草屋顶。上面爬着壁虎,它们一会儿就抓到一只苍蝇。此外,还有一间卧室、两张床、一个大澡盆,其中有一间是食品储藏室。最妙的是有一个宽敞的大门廊,里面放的有轻便折椅和一张餐桌。

厨房是一间单独的小屋，在住房的后面约 10 米远。一个土著男孩跑来问他们晚饭想吃些什么东西。

在露天地里吃饭真开心，朝外望去是一幅由蓝色的远山、小丘和山谷组成的风景画。最高的山峰是乞力马扎罗峰，海拔 5895 米，覆盖着白雪和冰川的顶峰是整个非洲大陆的最高处。

"它看上去有点像马特峰①。"罗杰说。

"是的，但要比马特峰海拔高出 1400 多米。"

"我敢说，那上面一定冷得要命。"

"从我们坐的地方到那里，就相当于从赤道到冰岛——在气候上就有那么大的差异。"

"有人上过峰顶吗？"

"啊，有。如果从另外一边上的话，还不是那么困难。但如果从这一边攀登的话，1964 年以前，还没有人敢攀登过。"

"这我不感到奇怪，看上去陡得像堵墙。后来谁上去过？"

"两名皇家空军人员。光爬上去就用了 50 个小时，比两天两夜还长。他们正是顺着这面墙似的陡壁往上爬，就像苍蝇似的紧贴在石壁上，小心着每一个立足点和手攀点。睡觉是站着睡——在岩石缝中揳入钢桩，然后把自己绑在桩上。有一个人晚上做噩梦——他扭动身子，把桩也弄松了，幸亏他醒得及时，不然就要掉到 1500 米的悬崖下。"

太阳已经离开了山谷，但仍然照耀着乞力马扎罗的雪峰，使

---

① 马特峰：瑞士—意大利边界上阿尔卑斯山的一个著名高峰，海拔 4478 米。——译者注

5 是朋友还是敌人

它显得光彩夺目。白色变成了粉红色，随着太阳越落越低，粉红色变成了血一样的红色。慢慢地，越来越暗，最后消失在星光灿烂的苍穹之下。

有胆量在夜间光临营地的那些动物陆续地来了。小房周围的草地由于平常浇水保养，所以草长得很好，这就引来了食草动物。你可以听到一阵阵隐隐约约啃嚼的沙沙声，兄弟俩拼命睁大眼睛，也只能模模糊糊地看到一些条纹。

哈尔取来了望远镜朝发出声响的地方望去，真妙，这玩意儿能使人看得更清楚，在晚上也如此。

"斑马！一大群。"他说。

"其他的声音是什么？"罗杰说，"像流水一样的声音。"他拿过望远镜朝发出流水声的地方望去，一个庞然大物赫然耸现在他的面前，那么近，几乎都可以摸得着似的。"一头象，正在拧开水龙头。"

"你算了吧，"哈尔说，"那是说着玩的。"

"不，是真的，你自己看看吧！"

透过望远镜，哈尔模模糊糊地可以看到，这头大象真的在用长鼻子的前端手指般的突起在拧水龙头，刚开始水慢慢地流，后来就哗哗地冲了出来。它把长鼻子弯到水龙头下接水，然后抬起头，张大嘴，举起长鼻，将水抛下喉咙。它一次又一次地重复这个动作，哈尔估计它喝了大约10升的水。

喝足之后，它又开始了另外的节目：用长鼻子不断地把水抛到身上，冲洗身上的灰尘。洗完澡之后，它高兴地哼着鼻子，优哉游哉地消失在黑暗之中，水龙头却还在开着。

5 是朋友还是敌人

"我们去把水龙头关上，"哈尔说，"我们不去队长就会去，但他现在还起不了床。"

"这不危险吗？"罗杰说，"你不知道水龙头周围还有什么东西在游荡。"

"胡扯！你也太胆小了。"

"啊，是吗？我想，你是一点也不害怕。那么，你怎么不去呢？"

"好，我去，让你瞧瞧，你这只胆小的猫崽！"

哈尔走出门廊，来到草地。他没带望远镜，看得不清楚，又不能再返回去拿手电筒——不过又何必麻烦呢！他完全可以凭声音判断出水龙头的位置。

但他没发觉他那喜欢恶作剧的弟弟已经从门廊的另一边爬了出来，正跟在他的身后。

他小心翼翼地择着路穿过草坪，来到水龙头跟前，摸到了龙头，拧紧。他刚要转身往回走，猛听得身后一声野兽的咆哮，吓了他一跳，他只感到背上一阵阵地发麻。本能告诉他，应立刻躲回室内、关上门。他像羚羊似的跑回门廊，他突然想到得把罗杰也带进室内。在黑暗中他摸到刚才罗杰待的地方，可是罗杰不在。嗯，他准是听到了那一声咆哮，已经躲进室内了。哈尔立刻进屋，插上可以把野兽拒之室外的那扇门。

"罗杰，你在这儿吗？"

没有回答。

"罗杰，你在哪儿？"

一阵野兽吼叫般的笑声从门廊里传来，是一只鬣狗？不，是他那坏透了的弟弟。

"你这个小坏蛋，进来！"

罗杰进来了，还在笑，哈尔也忍不住笑了。

"原来是你，你这个淘气鬼！"他不会轻饶这个小坏蛋的。他一把抓住罗杰，把他按在一张椅子里，企图把他的头按向膝盖，好好地揍他一顿屁股。他过去做得到，而现在不行了，罗杰已经很有劲儿，他根本按不住。罗杰挣脱了哈尔的巴掌，掀翻了哈尔的椅子，一下就骑到哈尔的背上，吓得一只老鼠吱吱叫着溜跑了。

"行啦，小伙子。"哈尔笑着站了起来，"这一次就算了，以后再收拾你。我想睡觉了，明天还够我们忙的。"

他们要上床的时候，罗杰吸了吸鼻子。

"这房间真闷气，一股老鼠味儿，你不想打开窗户吗？"

"队长说过不行，豹子会爬进来的。"

"他小心谨慎，所以才这样说，不大可能发生这种事，是吧？"

"我不想冒这个险。"

"那就打开我床上方的这扇小窗怎么样？"

"那豹子也进得来。"

"离地那么高！"

"你不知道豹子能跳高？"

罗杰不出声了，躺了一会儿，另一只老鼠——也许还是刚才那一只——在地板上跑了过去。

"我不喜欢这儿的气味，"他终于宣布说，"我要打开这扇

5 是朋友还是敌人

窗户!"

哈尔睡意蒙眬地说:"好吧,你这小傻瓜,打开吧。如果进来一位客人,你可别吓着了!"

罗杰打开小窗,然后躺下,盖上毯子,很快就进入了梦乡。

6

半夜来访的豹子

罗杰做了个梦，梦到与哥哥正抱打在一块，哈尔一下坐到了他的身上，压得他透不过气来。

他醒了。的确有东西压在他身上，豹子？！他刚想叫喊并要挣脱身子，突然想起哈尔不是说过"以后要收拾"他吗？准是他装成一头野兽扑到他身上，想把他吓个屁滚尿流。这个大笨蛋，我要耍耍他。

"啊—啊—嗨—哼，"他打了个哈欠，"回你床上去吧，你这个讨厌鬼，你根本就骗不了我。"

他感到一股热乎乎的气息到了脸上，还有爪子似的尖东西扎透了毯子刺到了他的手臂。

"你该剪指甲啦！"罗杰又说。

回答他的是一声咆哮，听起来像是圆盘锯在锯树疙瘩似的。

罗杰笑了，"这豹子叫得真蹩脚，好啦，滚开！我要睡觉。"

"你在干什么？"从房间的另一边传来了声音。

罗杰呆住了，"你在哪儿，哈尔？"声音是发抖的。

"当然在床上。我被什么给吵醒了，像是豹子叫。"

地板上有窸窸窣窣的声音，压在罗杰身上的东西跳了下去，在房间里狂跑。哈尔从枕头下抽出手电筒，打开一照，罗杰感到眼前满是斑点——黄底上的黑斑点，在追一只老鼠。

6　半夜来访的豹子

豹子抓住了老鼠，咬在口里，又一下跳到罗杰身上，本来就被吓得半死的罗杰给压得大叫了一声。豹子蹿出了床上方的小窗户。

罗杰这时已经浑身冷汗、直打哆嗦。哈尔下床来到他的床前。

"新鲜空气呼吸够了吗？"他关上窗户，再也没说什么，就坐在罗杰的床边上，一只手搁在罗杰的手臂上，直到罗杰不再发抖，他才友爱地拍了拍他的手臂，然后回到自己的床上。

罗杰躺在床上倾听着深夜里的各种声音，野兽真像把营地都给占领了。他能辨别出其中的某些声音——豺的呜呜声、猫头鹰的咕噜声，以及他熟悉的嘿、嘿声，这是非洲大陆上四脚动物中数量很大的一种——牛羚或者叫角马。还有一种类似家猫的叫声，不过这叫声来自比家猫大 20 倍的动物——猎豹。犀牛喷鼻子就像汽车回火的声音。一种像厨房边的垃圾桶翻倒的咔嗒声，那是鬣狗干的，接着传来了这种动物的阵阵笑声"嘀——嘻——嘻嘻——哈哈"。从远处的河边传来了河马深沉的笑声"哇、哇、哇"，以及更深沉的"嗬、嗬、嗬"。他只能辨别这当中的十分之一，还有十分之九就听不出来了。他津津有味地倾听着，直到最后，他听到了一种记忆犹新的声音——锯树疙瘩似的豹子的咆哮声。他连忙把头埋到枕头里，再拉上毛毯盖住耳朵。后来，他睡着了。

像是才过了 5 分钟，罗杰就被一阵敲门声吵醒了，他睁开眼，天还是灰蒙蒙的。

门开了，队长马克·克罗斯比走了进来。

"你们想参加黎明巡逻吗?这是一天之中观察动物的最好时光。"

看到队长已经能起床活动,他们很惊讶,这一定是个体质很好的人。"你的手臂怎么样了?"哈尔看到他的手臂用绷带吊着,就问道。

"不错,"队长说,"瞧,可以活动。我算走运,箭仅仅扎穿了肌肉部分,吊几天绷带就没事儿了。穿上衣服,喝咖啡去!"

他们来到门廊,那个黑人孩子已经将一把咖啡壶和几只杯子放到桌上。晨雾正在升起,乞力马扎罗的下半部仍然看不到,白雪皑皑的峰顶飘在晨雾之上,就像天空中飘着的一朵白云。太阳已经照到了上面的白雪和冰川。营地这儿仍然是黑沉沉的,在树冠平整的金合欢树中游动的那些朦胧的影子,看起来与其说是动物,不如说像纸上一摊摊的墨水痕迹。

克罗斯比发现罗杰不时朝厨房那儿张望,那意思很清楚:除了咖啡之外,似乎还应该再来点什么。

队长笑了:"你对我们的习惯可能感到奇怪。动物一大早就出来活动,所以我们在拂晓前催客人起床,把他们领出去观看动物,9点左右才领他们回来吃早餐。"

"说到客人,"哈尔说,"好像这些'板达'没有一间住的有客人。"

克罗斯比摇摇头,"现在公园遭到偷猎者的破坏,极少有游客到此地来。他们害怕。这也是偷猎带来的恶果之一,偷猎吓跑了游客,这就意味着吓跑了钱。而这个年轻的国家缺的正是钱。过去,旅游业是这个国家最大的一笔收入。没有了旅游者带来的

6　半夜来访的豹子

收入，这个国家就要陷入困境。所以，如果我们能制止偷猎的话，我们不仅挽救了那些宝贵的动物，还挽救了肯尼亚。"

他们一起乘队长的路虎越野车出发，还没开出500米，迎面就碰上了一群野牛，几乎有上百头，浑身的黑毛，又硬又粗，一个个低着脑袋站在路上。克罗斯比把车停住，他说："不能从它们当中穿过。"

一头公牛走出了牛群，一直来到离车大约只有5米的地方，它瞪着眼盯住车，又摇摇脑袋。

"那是它们的头儿，"克罗斯比说，"如果它攻击我们的话，其他的都会跟着冲上来。"

"它们会绕过车子吗？"

"野牛从不绕道，它们一直往前冲。许多猎人认为，它们是非洲大陆最危险的动物之一。它们的脑袋就像铁球，什么东西也挡不住它们，只要它们朝前来，这辆车就将会成为一堆烂铁！"

"它们还有个习惯：过去之后还会折回来。"哈尔想起了他本人与这种坚定不移的动物的遭遇。

"是的，"克罗斯比说，"多数动物肆意破坏之后就会离去，但野牛还会回来，它要看清楚，你是否真的死了。当然，它们也并不总是那么危险，如果没有什么东西激怒它们的话，它们安详得像奶牛似的。这就是为什么我们要停在这儿，一动也不能动。如果它们那大脑袋认为我们没什么危险的话，它们就可能让开，一切都取决于偷猎者们。"

"这与偷猎者有什么关系？"

"如果哪个偷猎者的箭或矛伤害过这头公牛的话，它就会恨所有的人，就可能在我们身上报复。啊，我想我认识这头公牛，你们看它那右边扭曲的角。我相信它曾经到过我们的营地，而且我还给它饮了水。让我们试试，看看它是否还认识我。"

他打开车门，正准备下车，立刻听到从大公牛那里爆发出的愤怒的咆哮，大公牛身后的整个野牛群也发出了怒吼声，开始跺蹄子。大公牛开始朝前迈步。哈尔真想立刻把车掉头开走。

可是，当队长下了车走到那头大公牛可以把他从头到脚看得一清二楚的地方时，大公牛站住了，并显出一副把事情好好想一想的模样。后来，它转过头，朝野牛群走去，大概是用野牛的语言向它们宣布："这个两条腿的东西还不错。"然后，以一种极为尊严的派头朝树林走去，整个野牛群也跟着它离开了。

哈尔和罗杰松了一口气。

队长上了车，说道："下一站是守备瞭望哨。"

他们穿过一些令人心旷神怡的树林，看到了长脸的狷羚、大羚羊、长颈羚，以及可爱的一蹦一跳的黑斑羚，它既长于跳高也长于跳远；森林里的小丑——疣猪哼哼吱吱给他们让路；一个狒狒家族穿过树林的时候，还凶狠地大喊大叫。

他们在一个地方停下，观察着一个约有20多头象的象群。远处还有几头野牛，有公牛，有母牛，还有小牛。大象看到汽车到来，都示威般地支棱起大耳朵，使劲地抛甩着长鼻。哈尔想拍几张大象的照片，得到队长允许之后，下了车朝象群走去。这种聪明的动物完全清楚一架相机和一支枪的区别，所以对哈尔来到不到30米以内的地方，它们根本不加理睬。哈尔拍了8张照片之后，它们大概觉得这个苍蝇般大小的人有点讨厌，似乎要对他采

6 半夜来访的豹子

取某种行动,哈尔吓得赶忙钻回车里。

又走了 800 米,克罗斯比队长又把车停下,"现在,我叫你们看点有意思的东西,你们会感到难以置信。瞧那一边。"

兄弟俩看到的是一棵断倒在地上的树,一头大象站立在旁边。

"这有什么可看的?"

"看着吧!"

树干上的树皮已经给撕掉了,露出了白色的树身。过了一会儿,只见那头大象举起长牙朝树干扎了下去。它施展它那惊人的力量,只听得一声响亮的撕裂声,就从树干上撕下一块约 5 厘米厚、2 米长的木块。

"它到底要干什么?"

似乎是为了回答他们,大象用长鼻卷起了木块,从长鼻上把木块取下,然后竟然放进了嘴里。

咯吱,咯吱,它嚼着这么厚的木头,就像是吃一块油炸土豆片似的,不到 10 秒钟,这块 2 米长的木头就到了它硕大的身躯里面去了。

它接着又撕下一片,又一片,都是嚼嚼,然后吞掉。不言而喻,这是一顿可口的早餐。

"它要这样一直吃下去的话,"罗杰说,"就会成为一头木头象了!"

兄弟俩经常看到大象吃树叶,甚至也看到过大象吃嫩树枝,但他们从未看到过吃树干的大象。

"这肯定是头怪物。我看世界上没有什么动物是吃树干的。"

"有一种，白蚁。但白蚁不是一次就能吃掉一根树干的。"队长说。

那头象在一心一意地享用它的美餐，对他们的汽车不屑一顾。哈尔拍了几张它的照片，除非有照片为证，不然人们是不会相信竟有这种事。

"它真走运，遇上这棵倒下的树。"

"不是走运，"克罗斯比说，"完全可能是它自己推倒的。"

"那树差不多有1.5米粗啊！"

"哈，它的体围可远远超过1.5米呢！而且它的力量与它的块头很相称。因为大象，我们损失了很多树。如果有哪棵树它们推不倒的话，它们就会用别的办法把树弄倒：在树干的一侧拼命地咬，直到啃倒大树为止。它们很聪明，树倒下来之前它们就躲开，不让树砸伤自己。有一头年轻的家伙还没学会这一手，有一次它啃倒一棵树时，没躲开，就给树压住了。3天之后我们才发现，它已经受了伤，还没来得及把它弄出来就已经死了。"

他们又继续前进。汽车爬上一段陡峭的小路，来到瞭望哨，一名队员正紧贴着望远镜瞭望。他发现队长下了车，立刻啪的一声立正，向队长敬礼。

"有什么情况吗？"

"没有，先生。"队员回答说，"除了看到一些鸟之外。"

克罗斯比从望远镜中看了一下，然后让哈尔、罗杰都看了一下。他们很清楚地看到，在树林边上的一块地方，一些兀鹰正在盘旋。兀鹰盘旋的地方一般都会有死的或快要死的动物。

"是不是有偷猎者？"

6 半夜来访的豹子

"不一定。"克罗斯比说,"那儿离我们的住所才3千米,他们未必敢来到那么近的地方,不过,还是下去看看吧。"

他们驱车来到那个地方。在树林的边上躺着一个巨大的躯壳,看不出有什么偷猎者的迹象。他们走下汽车时,一大群兀鹰从那具黑色的尸体周围冲天而起,与天上的兀鹰一起在上面盘旋。

"死河马。"克罗斯比说着走向这头已死的动物。

它不仅死了,而且尸体已经塌陷,一侧有一个桶那么大的洞,尸体内部已经空了。除了一个空壳之外,里面什么也没有——再就是一股难闻的气味。

兄弟俩弯着腰看了看这个空壳,"可怜的家伙,"哈尔说,"可能是病死的,鬣狗、豺、兀鹰啃出了这个洞,把里面全掏空了。"

"你认为不可能是匪徒们杀害的吗?"罗杰说。

哈尔直起腰,说:"瞧,那儿就是营地的'板达',一眼就能看到这儿。队长说,偷猎者不敢到离营地这么近的地方来。"

克罗斯比仔细地看着死河马的脑袋,然后说道:"当时我是这样说的,但我错了。河马的两颗犬齿都没有了,没有一种动物会嚼食这种东西——它并不好吃,是偷猎者取走的。所以,这头河马并不是自然死亡。"他指着一处支离破碎的伤口,又说:"这是矛扎的。现在你们心里大概有数了,这些家伙的胆子有多大。但你们所看到的还远非最严重的情况。上车吧,我带你们去再看看别的东西,比起那儿来,这儿简直是小巫见大巫了。"

汽车走了几分钟就停下了,克罗斯比说:"这儿就是察

6 半夜来访的豹子

沃河。"

可是兄弟俩并没看到河,看到的只是绵延一片的黑石头。

队长问他们:"你们可曾在一条河的上面行走过?现在就有一次难得的机会。"

他说完就先下了车,把兄弟俩引到光秃秃的黑石头上。他在黑石头上跺了下脚,脚下发出一种空洞的声音。哈尔仔细地审视着这些岩石。

"像是熔岩。"他说。

"正是熔岩。是过去某个时候从乞力马扎罗峰上流下来的,这些熔岩把河流表面盖住了。河流还在这儿——就在你们的脚下。好,现在我们到下游去。"

他们一路往下游走的时候,一直听到阵阵奔流声,并且越来越大。拐了一个弯之后,河流终于出现在眼前:从熔岩的顶盖之下奔腾而出,激流挣脱了它身上的桎梏之后变得平静下来,河面宽了,形成了一个大池塘,或者说一个小湖泊。他们站在熔岩的顶盖上,脚下可以感到急流带来的震动。

"它被人们叫作埃蒙西玛泉。过去,这儿的水清亮得像玻璃似的。"

然而它现在一点也不清亮,而是呈现出一种暗褐色,还冒出阵阵臭味。

"你们刚才在河顶上行走,现在我带你们到河的底部去。"

队长说完就拨开一丛小树,地面上现出了一个倾斜的洞口。他们进了洞,沿着半明半暗的陡斜坡道走下去,不久就来到了一个水下房间。

这一定是队长说起过的那个水下观察室。通过窗口，可以看到水下的情况，朝上，可以看到阳光闪烁的水面。

他们性急地把脸贴近窗子，然而，看到的景象真令人恶心：河马不是踱步于河底，悠闲地吃草，而是一堆堆地陈尸河底，有的已经发胀，漂到了水面。偷猎者砍开的伤口，有的还在汩汩地流血。尾巴全被割掉了；皮也被一条一条地剥掉了；坚硬的犬齿给拔掉了，在某些用途方面，河马的犬齿比象牙还值钱；大多数的河马整个脑袋都被砍掉了。

一些饿得半死不活的小河马，用头拱着它们的妈妈，可是妈妈再也不能喂它们奶了。它们将要成为张着血盆大口的鳄鱼的口中食，这些鲜嫩的小河马对于鳄鱼来说真是美味佳肴。鳄鱼用它们有力的尾巴抽打着河水，有时，它们自己也厮打起来，为的是争夺那些最好的河马肉。数以百计的鱼儿则狼吞虎咽地抢吃漂在水中的肉屑。

兄弟俩神情严肃地走出了水下观察室。他们以前听说过这样的事情——今天亲眼看见，不得不相信确有其事。他们一直想着要帮忙制止偷猎者的乱捕滥杀，现在，他们更是下定了决心，要与偷猎者斗争到底。

9点钟回到营地吃早饭。他们一下子就见识了那么多东西——仅仅3个小时，简直令人难以置信。现在，他们得耐心地等待他们的人到来，还得3个小时。到那时，他们就可以对偷猎者进行第一次讨伐了。

7 黑胡子出现了

中午,哈尔兄弟的狩猎车队到了,总共有14辆,货车、卡车、吉普,还有路虎越野车。

30名黑人队员爬下汽车,蒙着尘土的脸上满是笑容。看得出来,他们很喜欢他们年轻的队长,兄弟俩同样也非常高兴见到他们——这些优异刚强的伙伴,在多次探险中同甘共苦,一道捕获了很多珍稀动物。

在营地一排小房的后面支起了狩猎队的帐篷。厨房的黑孩子在露天里摆下了一张长长的桌子,上面摆满了各种各样吃的东西。

队员们急忙吃了起来,他们都想着早一点行动。

克罗斯比队长开始对他们讲话了。他说,他和哈尔、罗杰一起,在飞机上发现西边10千米的地方有一个偷猎者的营地,并把那些可恶的屠杀行为告诉他们。他不断地激励他们,最后队员们都迫不及待地要立刻出发,到处都有人喊着:"走吧!""把枪拿出来!""把他们宰了!"

克罗斯比举起了手,让大家安静下来,"很遗憾,不能让你们那样干。不能将他们杀死,不能带枪!"

"他们有毒箭、有长矛,他们会杀死我们的。"大块头佐罗立刻抗议,他是狩猎队里最得力的司机。

"一点儿不错，"克罗斯比说，"你们的工作将因此变得很危险、很困难。瞧，有那么一条法律，不准杀死偷猎者，而只准抓捕后送交法庭，要经由法官审判后，或是罚款，或是监禁。我知道，这不公平——他们全副武装，而你们必须赤手空拳。你们不得杀死他们——必须活捉。你们不是已经有活捉野兽的经验了吗？好啊，他们就是野兽——你们就活捉他们吧，就像你们活捉别的野兽那样。"

没有人再笑了，这比他们原来想象的要麻烦得多。

哈尔说话了，"伙伴们，有一点必须讲清楚，这不是你们应完成的任务，你们并不是受雇来抓人的。如果你们不想干的话，就别干；不想参加的完全有权留在营地。"

几分钟之后，车队出发了，没有一个留下，哈尔很为他的人感到自豪。除狩猎队成员之外，另外有5名是克罗斯比的守备队队员，还有5名守备队队员没有参加这次行动，他们要到160多千米以外的地区去进行另外的行动。

但是狩猎队还有一名额外的队员，足可以弥补那5人不来的损失。不过这一名不是人，而是狗——一条高大的阿尔萨斯狗，是队员马里养的，名字叫祖卢。

祖卢有一样东西是其他队员所没有的——尖利的牙齿，人当然无法跟它相比。法律禁止用枪，可没禁止用牙齿。对这次行动，祖卢当然一点儿不了解，但一定是去干了不起的事，所以它兴奋地叫着。

仅靠祖卢的牙齿当然打不赢。队长和哈尔、罗杰坐在同一辆车里，商量着如何行动。

7 黑胡子出现了

"有一种可能,"克罗斯比说,"当他们看到这 14 辆钢铁的庞然大物朝他们轰隆冲去的时候,他们害怕了,会逃跑。"

哈尔说:"可你并不想要他们逃跑,你想抓获他们。"

"我们可能抓到几个跑不快的家伙。我们不可能想做什么就能做什么,我们只能做我们做得到的事。我不想让你们的人去冒不必要的危险。"

"危险对我们的人来说是家常便饭,"哈尔说,"你真的认为偷猎者会跑吗?"

"这还说不准,如果他们没头儿的话,他们会跑;但黑胡子要是跟着他们的话,会叫他们顶住,并会向我们开火。"

哈尔已经忘记了还有个神秘的黑胡子,他的真名叫什么还不知道。

"我们要是能逮住他,察沃的大规模偷猎活动就会结束。"

但怎样才能逮住他呢?致命的武器不准用,有什么不致命的武器可用呢?哈尔的脑袋逐项地想着他的供应车里的东西。

"睡觉怎么样?"他突然问道,"法律没说不准让他们睡觉吧?"

克罗斯比瞪大了眼睛,"当然不,但你怎么样让他们睡觉?"

"我们一直用这种方法对付野兽,我不知道为什么我们不能用它来对付匪徒。请停车,我下去叫供应车停下,我要看看车上是否有我们需要的'睡觉'。"

"我不太明白你的意思。"队长把车停下。

哈尔跳下车,说:"现在没时间解释,等会儿再说。"

在供应车里,哈尔把几十支镖都灌上了一种淡白色的液体。

这些镖看起来一点也不厉害，20厘米长，还没手指粗，一头儿像注射器的针头，另一头儿扎着一束羽毛。这时，供应车像是在拐弯盘旋前进，哈尔伸出头去瞧，原来车队已离开大路，正在一座座10～15米高的小丘中拐来拐去，这些小丘都是白蚁窝。

车嘎的一声停住了，前面就是蒺藜栅栏。队长把车停在离栅栏还有500米的地方，其他车也相继停下了。

要是朝那道篱笆走去那才叫傻瓜呢！那样，偷猎者就可以躲在篱笆后面用箭射他们了。就待在这儿，他们要进攻的话，就必须从栅栏后面走出来。

哈尔提着满满一桶镖从供应车里跳了下来，他走到队长跟前说："请帮我发给队员们。"

"这是些什么玩意儿？"

"药镖。"

"箭毒？我告诉过你——我们不能杀死他们……"

"这东西不会要命，仅仅是要他们睡觉，这是'斯内尔'——麻醉药，我的人一直用这种东西来抓野兽，他们觉得'斯内尔'太拗口，我们就教他们把这叫作'睡觉'。我准备了足够每人3支的量。"

队员们分别从十几辆车里下车了。敌人呢？怎么一个也看不到？

在刺篱笆的后面，树林子之间可以看到他们的草棚，但看不到人。篱笆当中一个个的洞口，被套子、卡子各种机关套住的动物发出一阵阵痛苦的惨叫。

哈尔兄弟和队长急急忙忙地给队员们分发药镖。如果偷猎者

7 黑胡子出现了

已经逃跑,药镖就派不上用场了。

队员们在汽车前站成一排,面向着栅栏,一个个跃跃欲试,但一个敌人也没有,他们几乎失望了。哈尔的队员中有几个已经不耐烦,开始朝前挪动。

"叫他们停下!"队长说,"地上到处是陷阱。"

在哈尔的命令下,那几名队员嘟嘟囔囔地退了回来。

"瞧,他跑啦!"突然,罗杰指着前边喊了起来,可是哈尔什么也没看到。"他从栅栏里伸出脑袋,一个长着黑胡子的脑袋,我看得清清楚楚,我敢打赌,一定是黑胡子那家伙。"

哈尔想,小家伙可能是眼花了,他脑子里一直在想着黑胡子吧。

这种等待真叫人心烦,但是哈尔坚决不让他的人前进。他对队长说:"如果栅栏后面有人的话,就让他们以为我们不敢上前好了。"

祖卢——那条阿尔萨斯大狗狂吠着要朝栅栏冲去。它的主人马里担心它掉进陷阱,把它叫了回来。它只好待在原地不停地叫着。

这时,一个黑脑袋从栅栏中伸了出来,接着又伸出一个,又一个。

"他们在观察我们,"哈尔说,"希望我们的样子不会吓着他们。"

偷猎者已经发现,队员们没有枪,他们胆子大起来了。他们从那些死了的或将要死的动物身旁爬了出来,每个人手里都拿着矛或者弓箭,毫无疑问,每一支箭的箭头上都涂了致人死命的毒药。黑色的身影一个接着一个地出现，最后差不多有50名，全都在栅栏前站成一排。他们瞪大眼睛，好像是不太相信自己所看到的景象：这些傻瓜，既没长枪，也没手枪；既没长矛，也没弓箭；除了一些小棍棍之外，什么武器也没有，竟然敢侵入他们的营盘。有一个匪徒不禁放声大笑，其他匪徒也笑了起来，越笑越厉害，最后简直是齐声狂笑。一个个拍着大腿，笑得前仰后合，你拍我的肩膀，我拍你的后背，手舞足蹈，得意忘形。他们开始放箭，但距离太远，还没飞到地方就掉落在地上。所以他们开始朝前走，小心翼翼，因为要避开草丛里的陷阱。

"准备，"哈尔小声地命令，"但我叫你们投时再投。"佐罗把命令译成斯瓦希里语传达给那些不懂英语的队员。

那边也有人在发命令，但他不在那些偷猎者之中，他一定是藏在栅栏的某一个开口处。他不像他所指挥的那些人一样光着上身、露着大腿，而是身着狩猎夹克和长裤，白色的面孔有一半都被黑胡子遮住了。

"就是他！"罗杰叫了起来，"我跟你们说过我看到了他，黑胡子！"

"真狡猾，"哈尔说，"让手下的人上前拼命，他却躲在背后。"

他又喊了一句什么命令，偷猎者立刻把弓挎到了肩上，从后边腰带上拿过矛。

罗杰感到奇怪，问："他们为什么换上矛啦？"

队长说："箭用于远距离的攻击，在近处，矛就厉害得多。他们看到我们赤手空拳，就会逼得更近。当心那些矛，全都是上

7 黑胡子出现了

了毒药的。"

队员们都盯着哈尔,等着他发命令,哈尔一直等到匪徒来到离他们只六七米的地方。

"准备!"哈尔喊了一声,队员们都举起了药镖。

这真滑稽,匪徒们又开始放声大笑。他们手持 3 米长的毒矛,而对手除了一支铅笔那么长的玩具之外,什么武器也没有。

哈尔想,真幸运,队员们在乌干达和刚果用来抓野兽的这种麻醉药镖,在肯尼亚还无人知晓,这些偷猎者可要吓一跳啦!

就在这最后关头,哈尔的计划差点要败露,长着黑胡子的那个家伙猜到了这种样子无害的玩具般的武器的秘密,他用斯瓦希里语喊了几句,佐罗说他是叫匪徒们快退回去。

太迟了!偷猎者得意忘形,已经听不进他们的主子的呼喊,胜利在握,为什么还要跑呢?可是,黑胡子的命令还是使他们迟疑了一下。哈尔抓住了这宝贵的一刹那,大喊一声:"发射!"

用羽毛定向的药镖直向前飞去,针尖扎进了黑色的肌肤,不过半厘米,——不必要很深,就这样已足以把药液送达皮下的神经,这些神经会立刻把这一坏消息传遍全身。

药镖所产生的第一个效果是恐惧。有人尖叫了一声:"箭毒!"其他人也大叫起来,他们对箭毒非常了解,那是要他们的命的。有人慌忙拔下毒镖,看到镖尖上流出的液体是白色的,他们知道这不是箭毒,因为箭毒是黑褐色的。但这也不能解除他们的恐慌:也许,这是一种比箭毒更厉害的新的毒药。

不管是什么新玩意儿吧,反正它的作用比箭毒快得多,它直接作用于肌肉,使肌肉变得软弱无力。刚刚还强壮的双腿一下就软了,再也支撑不住躯体。药——加上恐惧——使肌肉一下就瘫软了。

那些还能跑的放开腿就跑——但跑不了多远就躺下了;有一些跌跌撞撞地掉进了他们自己布的陷阱里;有一些根本就没被镖扎中,看到别人倒了,他们也就倒下,以为自己快完蛋了。有几个亡命之徒还冲了上来,用矛扎伤了几名队员,后来他们也被麻药的作用所制伏。

现在,这块地方更像卧室而不像战场。草地上到处躺着睡着了的人,甚至那些被夹子夹住了的人连哼也没哼一声,他们也失去知觉了。

有两个跑得快的,已经快到栅栏,后来被祖卢追上,扑倒之后也睡着了。

"装上大笼车,"哈尔命令道,"装到大象笼里。"大笼子平日是装捕获的野兽的,里面有一个专装大象的大笼子。狩猎队队员和守备队队员兴高采烈地把那些不省人事的匪徒一个个拖过来,装进了大笼子。

有几个被铁丝套子套住的,很快就给弄开了。如果被套狮子和大象的夹子夹住的话,那就很难弄开。这几个夹子有点像美国人在森林里用来套熊的那种夹子,但更大更硬。有一个偷猎者的脚踝被夹子上的铁牙深深地咬住了,队长正在想办法给他弄开。他招呼哈尔和罗杰过去,说道:"你们还记得我跟你们说过的事吗?我的两名队员就是被这样的夹子夹住了,后来被野兽活活吃掉。你们可能感到奇怪,他们为什么不把夹子弄开。当然,人有着野兽所没有的东西——一双手。好,来吧,用你们的手,把这

7 黑胡子出现了

个夹子弄开。"

哈尔弯下腰,双手握住两个夹片,使足力气想把夹子扳开,但夹子连动都不动一下。

"弹簧实在太硬了!"

"是的,要想夹得住狮子或者大象,不得不用这么硬的夹子。没有工具你别想弄得开。"

克罗斯比发现,哈尔正瞧着那根3米长的铁链,铁链连着一根大铁钉,大铁钉被砸到了土里。克罗斯比说:"我知道你在想什么。你在想,可以把铁钉拔出来,然后连夹子一起带回汽车上,来吧,试试,把钉子拔出来。"

哈尔握住大铁钉,憋足了劲朝外拔,他满脸涨得通红,那铁钉连动也不动。这根大铁钉是砸在一个白蚁巢上的,白蚁纷纷出洞来看出了什么事。

"算了吧!"克罗斯比说,"那是用大锤砸下去的,大约有1米深。你们知道,白蚁巢硬得像混凝土一样,就是一头大象也别想拔出这根大铁钉。你们的供应车上有撬棍吗?用它才可能撬开夹子。"

哈尔从车上取来一根又粗又重的大撬棍,把它插进两个夹片之间,一使劲,夹片张开了。克罗斯比立刻把那鲜血淋漓的脚给拉出来,罗杰取来药和绷带,给这个偷猎者包扎起来。

8

黑胡子不见了

"我们忘了一件事,"罗杰看着刺篱笆,说道,"黑胡子呢?"刚才他们高兴得忘记了黑胡子。

哈尔跳了起来,"佐罗、马里,跟我来,带上狗!图图,我们不在的时候,你负责。"

他们冲过缺口,四处望去,一个人也没有了。哈尔冲向刚才看到黑胡子的那个缺口,其他人也跟了过去,还是没人。

"检查每个窝棚!"所有的窝棚都空无一人。

佐罗没有去搜窝棚,其他的人回到缺口处的时候,他正蹲在地上,仔细地察看缺口处的地面,他是哈尔狩猎队中最出色的踪迹辨认家。

地面满是脚印,每个脚印前部都有5个小坑,因为偷猎者都是光脚的。但有一个例外——有一行脚印是没有5个坑的。

"靴子踩的,"佐罗说,"老板!他穿靴子,我们找到他了。"①

他兴冲冲地跟着脚印朝前走,没走出十几步就停下发起呆来:没脚印了,好像那个穿靴子的人突然销声匿迹了。是不是上了树?佐罗抬头看了看,树很高,人够不着。

---

① 佐罗的英语是东拼西凑的洋泾浜英语。——译者注

8 黑胡子不见了

"他狡猾,"佐罗说,"脱掉靴子,我们没有跟的了。"

地面仍然布满脚印,但全都有5个脚趾坑,哪一个脚印是黑胡子的呢?

"狗!"罗杰想到了狗,"让它试试。"

马里把他的狗带回原来的地方,把狗脑袋按着,让狗闻那靴子印。祖卢跟着那行脚印一直来到脚印消失的地方,然后四处嗅嗅,嘴里不断呜呜地叫着。

"你的狗很能干,但不会能干到这个地步,"克罗斯比摇着头说,"靴子和脚的气味不一样。"

"你瞧着吧!"马里说。

祖卢回头嗅嗅靴子印,又嗅嗅其他脚印。哈尔仍然抱着一线希望,这一切都得看这是一双新靴还是旧靴。如果是新靴,人的气味不强;要是旧的,在这么炎热的天气里穿了很长时间的话,那一定会吸上主人的汗味和体味,可能很微弱,但猎狗敏锐的嗅觉可能会把它找出来。

祖卢叫了,它找着啦!它又回到有靴子印的地方嗅了一阵,然后高兴地大叫一声就顺着一行光脚印追了出去。

"它找着了!"哈尔喊了起来。

但踩出这些脚印的家伙也不是傻瓜。他用另外的办法来迷惑追踪者:前面有一头死牛,周围满地血污,黑胡子从血污中踏了过去。这就足以使一个人的气味消失了。他从哪儿走出这摊污血呢?谁也说不清——地上满是血污的脚印。

克罗斯比又摇头了,但马里和兄弟俩仍然对祖卢敏锐的鼻子充满信心。

祖卢找了很长时间，终于又找到了一条踪迹，但是看起来不那么信心十足了。靠人来帮忙吧！佐罗仔细地察看，然后又量了量黑胡子踩进血污之前的脚印，再与祖卢在走出血污的脚印中找到的相对照。

"好，"他说，"狗，它找到他了。脚，一样宽，一样长，脚趾靠紧，靴子。"

队长不明白，"他说些什么？"

"我想，他是说，"哈尔说，"这些脚印的脚趾紧紧地靠在一起，平常老穿靴子的人才会这样。靴子把脚指头都给挤在一块儿了。如果一个老是光着脚的人，他的脚指头是分得很开的。"

又找到踪迹了，但黑胡子又耍了另外一招：脚印来到察沃河边后进了水里！

这一下把祖卢气得在河边上大喊大叫，它沿着河岸跑到上游嗅嗅，又跑到下游嗅嗅，但一点用也没有。佐罗也没有办法，坚硬的河底不会留下脚印，也不可能发现他从哪儿上岸。他可能游到了对岸，他可能只蹚水走到上游或下游某个地方，小心地上岸进入丛林，一个脚印也不会留下。

"到这个时候，他已经跑了很远了。"哈尔说，"他可以把汽车藏在某个地方，到了藏车的地方，坐上车，这会儿早就驶离国家公园好远了。"

哈尔感到自己的努力失败了，克罗斯比鼓励他说："没关系，你们抓了好多匪徒，今天收获不小嘛。"

"但是我们让头子从我们的手心中溜走了，"哈尔沮丧地说，"他完全可以组织另外的偷猎者在另外的地方重新开始。"

9 老虎马

47个昏睡着的偷猎者像沙丁鱼似的塞在一个大笼子里,他们大概要睡4个小时——这就足够驶完200千米到蒙巴萨了。他们醒过来的时候,就会发现自己已经在蒙巴萨的监狱里。

克罗斯比给监狱守备队队长写了个便条:"兹押上47名偷猎者,请审理。"他把条子交给司机,然后大笼车就装着这些毫无知觉的货物上路了。

其他的车仍留在原处,还有其他事情要做——痛苦的事情:大约有上百只动物被卡在几千米长的陷阱线上,要把它们松开放掉。

当人们走近那些动物的时候,成群的兀鹰冲天而起,黑压压的一片。那些已经把牙齿咬进了还活着的动物身体的豺和鬣狗,一见人来,便鬼鬼祟祟地溜开,但不会走远,只是叫你够不着,等着一有机会就冲上来折磨那些哀叫着的动物。

还能挣扎的动物则拼命挣扎,想挣脱勒在脖子上的铁丝套子。但每动一下,铁丝都会勒得更紧,就像把刀子,一下一下地割到肉里。

罗杰和队长想去救一匹斑马,它被铁丝死死地勒住了脖子,已经快透不过气,但想要靠近它仍然十分危险。由于恐惧和疼痛,它变得十分凶猛。这时候,它跟它的别名——老虎马——很相似。

一匹斑马在一般情况下是没有任何危险的，虽然它也有像老虎那样的条纹，但它更像马而不像虎。可这一匹斑马却更像虎而不像马，疼痛已经使它变得有伤人害命的危险，随时都可能让任何靠近它的东西完蛋。当祖卢靠近它的时候，它的牙齿就咬得像夹套的铁牙一般。而且，它的四条腿还可以活动，正拼命地踢。队长靠得太近，它那铁一样的蹄子正好一脚踢在了队长的肚子上，"啪"的一声，队长就跌坐在地上。这一下太厉害了，队长疼得动不了，而斑马的四蹄不断地在队长周围乱飞，要是有那么一下踢在脸上，队长就完了。罗杰从后面抓住队长的肩膀把他拖了回来。

他颤抖着站了起来。作为一个常与动物打交道的有经验的人，他为自己差点丧命在一匹斑马的蹄下而感到不好意思。

"头一回，是个孩子救了我的命。"他咧着嘴说。

罗杰想，这是第二回啦。上一次把他毫无知觉的身体从飞机操纵杆上搬开，使飞机不坠落，也是多亏了这个孩子。

队长从屁股后面的袋子里掏出一把钢丝钳。

"我们出来营救动物总要带上这些工具。"

"可怎样才能接近它并能用得上钳子呢？"

"是不好办。"克罗斯比承认，他摇晃了一下，感到有点晕，除了刚才挨了斑马一蹄子之外，还有昨天差点丧命的那一箭，可能体内还残存着箭毒的影响。

罗杰知道自己应该帮忙，但对付这样一匹老虎马，他毫无经验。他在父亲的农场驯服过不断弓着背上蹿下跳的烈马，他可以

9 老虎马

不用马鞍和马镫,一下子就跳上马背。对呀,还怕什么呢?不也就是一匹马吗?甚至还没一匹马高呢!应该办得到。他看到眩晕的队长用手摸着额头,就说道:

"把钳子给我吧!"

"不,不行,"队长说,"这件事我自己来。"

"我们一起干吧。你到它前面吸引它的注意力,我跳上马背去剪断铁丝套子。"

克罗斯比摇头说:"太冒险!"

"对你可能是,"罗杰说,"对我不会——我能上去。到了它背上,它的牙和蹄子都拿我没办法。"

"你可得小心!"克罗斯比迟疑地把钳子给了罗杰,他自己走到斑马的前面。斑马的大黄牙可以一口咬断人的手臂,边缘锋利的前蹄可以一下把人的脑袋劈开。克罗斯比一走到它的前面,它便发了疯似的要冲向克罗斯比,但那条残忍的铁丝立刻把它勒了回去。就在这时,罗杰飞身一跃,干脆利索地跳上了马背。他弯腰向前,一下就把铁丝套子剪断。铁丝套子刚从它流着血的脖子上掉下,它立刻狂怒地大吼一声,猛地朝前冲出去,队长刚来得及闪开。斑马开始没理会到罗杰,后来突然发现自己的背上有东西,必须甩掉。它前腿一抬,朝上一蹿,用后腿直立起来,罗杰四脚朝天地给抛落在刺篱笆上,刺扎穿了他厚厚的狩猎衣裤,扎到了肉上。他挣扎着钻出刺篱笆,正看到斑马卷起一阵风,像一艘带条纹的帆船,飞驶而去。

"你注意到了没有,那匹斑马有什么不对头的地方吗?"

罗杰仔细地看着飞奔而去的斑马,"呃,它身上好像少了东

9 老虎马

西,啊,看到了——没有尾巴。"

"就因为这,它才变得那么凶猛,两头儿都受着剧痛——铁丝勒进了脖子,后面被剁掉了尾巴。偷猎者想要的就是它的尾巴。他们把尾巴割掉之后,就让这匹斑马留在这儿受尽折磨死掉。那条尾巴将会成为一柄赶苍蝇的拂尘。想想看吧,杀死这么一只动物,仅仅是为了旅游者当中的某个笨蛋用它的尾巴来赶苍蝇。在内罗毕的商店里,你们可能已经看到一托盘一托盘的拂尘,全都是用斑马、牛羚和其他动物的尾巴做的,标上昂贵的价格出售。你们也见到过一些旅游者买这些东西,他们认为,回到波士顿、伦敦或是巴黎之后,这些东西将是很有意思的礼物。很多这样的旅游者都是和蔼善良的人,但他们就不想一想,他们如果能看看,仅仅为了他们赶一下苍蝇,这些动物要忍受多大的痛苦,他们也许就不会买那些拂尘了。"

下一个缺口处装有两个套子,高的一个是准备套大动物的,矮的当然是为小动物而设的了。现在,矮的套住了一只褐色眼睛的薮猫①;高的套子里,一只漂亮的长颈鹿正在挣扎。长颈鹿是非洲大陆上最漂亮的动物之一。这一只被铁丝深深地勒住脖子,看来已经活不成了。不远的地方,有7头狮子馋涎欲滴地在等着。

"我真想把这些家伙赶跑。"罗杰指着狮子说。

"这不公平,它们有吃饭的权利,大自然把它们造成了食肉动物——就像你和我。我们吃着牛排的时候,一点儿也不比它们

---

① 薮猫:生活在非洲的一种长脚山猫。——译者注

善良。"

"我知道，"罗杰承认，"残忍的是偷猎者。"

他们不敢再朝前走，惹恼了7头饥饿的狮子可不得了。

据说，长颈鹿不会出声，这不完全正确——从这头备受折磨的长颈鹿的喉咙里就发出了一阵阵低沉的呻吟。如果是一头野牛、犀牛或大象被套住的话，那吼声、咆哮声或尖啸声就会响彻数里之外。这头地球上最高的动物、最美的动物几乎无声地呻吟，并不意味着它所遭受的痛苦比别的动物轻，从它身体的伸屈扭动可以看出它正忍受着极度的痛苦。

"它还能活多久？"罗杰问。

"活不长，也许一个小时。"

"对它来说，这一个小时太难熬了。我们能帮它的忙吗？"

"要救它已经太迟了。"

罗杰把手伸到口袋里，"我还剩下一支药镖，解除它的痛苦，怎么样？"

"好主意。"队长说，"如果没有那7头狮子拦在我们与长颈鹿之间的话，这个主意可能行得通。你有什么办法避开那些狮子？"

"没必要过去，我可以从这儿把镖掷过去。"

"长颈鹿的皮很硬，从这儿掷扎不进去，必须直接用手扎才能进得去。"

罗杰的视线沿着长颈鹿的脖子向上移动，那儿有一根刺槐树伸过去的树枝。

"我怎么没注意到它呢！"他说道，"有办法了。"

9 老虎马

还没等队长答话,罗杰已经朝树跑去,其间必须经过离狮子不到3米远的地方。大多数狮子都在紧紧地盯着长颈鹿,根本没注意他。但其中有一头大雄狮,很显然是这个狮群的头儿,转过头望着他,还竖起双耳,张开大口,半蹲着身子,似乎要扑过来。突然,它大吼一声,把罗杰吓得魂飞魄散。但罗杰一点儿也没耽搁,他飞快地抱住树干拼命往上爬,心里想着狮子的利爪扎进背后的感觉,或是被它一巴掌抓住了脚怎么办。

他抓住了最下面的一根树枝,低下头一看,那头大雄狮两只前爪搭在树干上,用后腿站立着,那张大脸的表情一点都不高兴。

罗杰继续一点儿一点儿地朝树枝前端挪过去,一直挪到够得着长颈鹿脖子的地方。长颈鹿那双长着漂亮的长睫毛的大眼睛求救般地望着罗杰。

罗杰从口袋里掏出药镖,用尽全力扎进它那抽搐着的长脖子。

他从长颈鹿那晃动着的长脖子旁边退回来时,发现有一根铁丝顺着树枝连住下面套着薮猫的套子。他轻轻地把小薮猫拉过来,提到狮子够不着的地方,搁在树枝上,然后掏出钳子,剪断了铁丝套子。

克罗斯比焦急地注视着,他担心惊慌失措的薮猫会抓伤罗杰。但薮猫一心想逃跑,铁丝一断,就沿着树枝跑向树干,爬上了树梢。

树下的大雄狮回到了狮群中,等着即将到口的美餐。罗杰高兴地溜下树,跑回队长的身旁。

"干得不错！"克罗斯比说。他们注视着药力在长颈鹿身上发挥作用：大眼睛闭上了，身子不再扭动，在最后的一个小时它不必再忍受痛苦了。

罗杰注意到，这一头长颈鹿也没有了尾巴。

"做拂尘？"他问道。

"不，它将成为某位女士脖子上的项链。"

"偷猎者就想从长颈鹿身上要一条尾巴吗？"

"除那之外，还有一样，看看它的后腿——筋已经被抽掉了。"

"他们要那干什么呢？"

"做弓弦。"

就为了一根项链和一条弓弦，这样一头美丽动人的动物就得死掉。太叫人伤心了。

下一个套子上吊着一只非洲大陆上最可爱的动物之一——黑斑羚。它是瞪羚的一种，是所有瞪羚中最活泼的一种。凡是到过非洲的游客都喜欢黑斑羚，它浑身充满了活力，从不老待在地面上。它是不需要翅膀的"飞行员"，只要轻轻地一触地面，就能跨越灌木和小树，在树丛之上滑翔。然后再触一下地，又继续滑翔。几百只这种光滑的、流线型的动物一同跳跃在空中的景象令人永生难忘。

但这一只黑斑羚再也不会飞奔了，本来十分可爱的模样再也不可爱了。铁丝在它的脖子上勒下了一个致命的伤口，身体的一部分已经被吃掉，腐烂的肉上爬着 3 厘米长的蛆。

罗杰不忍心再看下去，他心情沉重地沿着这堵死亡之墙走

9 老虎马

开了。

另一个缺口夹子里的动物还活着——这是一只汤氏瞪羚,通常人们都叫它汤米。汤米是人类的朋友,它看来永远也不会明白:人类不可信赖。

另外还有一只小汤米,它没有被套住。这是一只小崽羚,它不愿离开被卡住了的妈妈;而妈妈尽管脖子被铁丝勒住了,还使劲地踢开那些企图啄食它的小崽的兀鹰,一直还护着它的小崽。罗杰和队长的到来才把兀鹰都赶开。克罗斯比俯身摸了一下崽羚。

"太晚了,"他说,"它已经死了。"

罗杰剪断铁丝,放开汤米妈妈,但它并不走。它用小巧的鼻子拱拱它的小崽,想让它站起来,但小崽已经没有反应了。汤米妈妈自己也摇摇晃晃的,像是随时都可能倒下。

"你看我们能把它治好吗?"罗杰问。

"把它带回医院吧!"队长说。

"医院?"

"你没看到我们的动物医院吗?我们已经收治了不少'病人',不过,还可以再收一些。"

罗杰轻轻地抱起小汤米妈妈,它细长的身体大概只有十几千克重,它的血染红了罗杰的衣服。

当罗杰抱着它朝卡车走去的时候,它拼命地挣扎着扭头望着它那死去的小崽羚。

克罗斯比转回去抱起小崽羚的尸体,然后快步走到罗杰的前头,汤米妈妈安静下来了,不再挣扎。它疲倦的脑袋沉到罗杰的肩上，原先猛烈跳动的心脏慢慢地变得弱了，最后停止了跳动。至少，这个人类的朋友已经到了不友好的人类力所不及的地方，那里再也不会有残酷的夹套了。

罗杰从车上拿来铁锹，在地上挖了一个坑，埋下了美丽的汤米和它的小崽。

克罗斯比已经回到蒺藜栅栏那儿，罗杰也准备再回到那儿去。

10 罗杰的猎豹

10

罗杰的猎豹

突然,他脚下的地面陷了下去。

罗杰朝下落,他想抓住小树、野草,但无济于事,还是不停地朝下落。

终于,屁股在硬邦邦的地上一蹾,停下了,落到离地面6米深的一个坑底。他骂自己:"真笨。"人家曾给他说过,要留心捕象的大坑,他却偏偏掉到这么一个大坑里。

坑底很黑,刚开始什么也看不见,后来眼睛习惯了,才慢慢看清楚坑里的情况。

坑很大,可以装下最大最大的大象,坑壁笔直,顶上交叉搭着树枝,铺上土,让一头傻乎乎的大象——或者一个马马虎虎的小伙子——以为是坚实的地面。

他身子碰到了一样硬东西,仔细一看,像是一根牢牢地砸在地上的木桩,大约有 1.5～2 米高。他用手上下摸了一遍木桩,摸到顶上的尖子,手上沾了一种黏糊糊的东西,他一看就打了个冷战:在昏暗的光线下,可以看到这是一种暗褐色的东西,是箭毒,是偷猎者涂在箭上的剧毒药物。他使劲地在裤子上擦着手,心想,手上可不能有任何伤痕,不然箭毒就可以进入体内。

现在可以看到,坑底中央有四根这样的木桩,一头大象掉下来的话,肯定会扎在上面,这就意味着,这头大象必死无疑。死之前还得受极度的痛苦，因为在大象巨大的体内，毒药不可能一下子就致命，它可能得受几小时也可能是几天的罪。

真是难以相信，竟然有人，能那么残忍。他怀疑，这样一个残忍的坑一定是那个长着黑胡子的白人安排的。

罗杰心想，幸好我不是大象，不然我一定被扎在上面了。由于比大象小得多，才有可能落在木桩旁边而不是上面。

突然，从最黑最黑的那个角落里传来一声低沉的咆哮，罗杰感到全身一阵冰凉。掉进这个坑里就够倒霉的了，如果再有一个不该有的伙伴在里面，那就更糟糕了。他想到了丹尼尔在狮子窝的故事。他的感觉可不像丹尼尔，一头狮子要是被困在这样一个坑里，早就狂怒无比，他不可能与它做朋友。

罗杰真恨不得那头狮子掉在那些木桩上，但他立刻为自己产生这种想法而惭愧，就是自己最厉害的敌人，他也不愿看它受那种惨不忍睹的痛苦。

那头野兽咆哮着动了起来，罗杰现在可以稍微看清楚一点了。不是狮子，它比狮子小，但更危险。可以看到它身上的斑点了，一定是头豹子，豹子比狮子更容易发怒。罗杰缩到最远的一个角落里。

那畜生仍然猖猖不已，它的声音既不太像是咆哮，也不太像是嗥叫。它的叫声使罗杰想起混凝土搅拌机的声音，也有点像伐木工人用链条锯锯木头的声音。

实际上，它的叫声非常像家猫发出的呜呜声，只是声音放大了上百倍，就像小猫对着扩音机"呜呜"叫一样。罗杰感到这声音真可怕。

10 罗杰的猎豹

那只野兽向他走来,他惊恐地注视着它:两只金晃晃的大眼闪着光,就像里面有光源似的。它不像豹子那样蹲伏着身子,四条长腿站在地上就像踩着高跷。它的胡须支棱着,颈后的毛也竖着,就像狗和猫发怒或者害怕的时候一样。两条黑色的斑纹从眼角伸到嘴边,使它的模样更加凶野。

罗杰揉揉眼睛,它真的在那儿吗?是不是自己的脑子里还在想着头天晚上那头豹子?

这时,从坑顶下来的光线正好照在它身上,是真的。这是他见到过的最厉害的一种豹子,那么高,一条毛茸茸的尾巴不停地摆来摆去,尾巴尖上有三个黑圈,最后是一束白毛。

那些斑点——不像豹子的斑点,不是那种不圆的、里面颜色略淡的斑点,而是很圆的、完全黑的斑点。他突然想起,他看过这种动物的照片,还读过有关它的书。它叫猎豹——实际上并不是豹。

猎豹既像猫又像狗,但又不完全像猫也不完全像狗。没有哪种狗,即使丹麦种的大狗,有那么长的腿。没有哪种狗能跑得像它那么快。事实上,四条腿的动物中没有谁能跑得过它。经测定,猎豹的奔跑速度可达到每小时 110 千米。汤氏瞪羚时速为 60 千米,大瞪羚 55 千米,斑马 48 千米,鸵鸟 46 千米,大象 40 千米,犀牛拼足劲才跑 30 千米。不过,猎豹耐力差,跑一会儿就累了,但在它累倒之前,早就抓到它所追逐的猎物了。

那嗡嗡作响的链锯——地地道道的呜呜声,简直像是一部大卡车在爬坡时发出的声音。罗杰猜不透这震耳欲聋的呜呜声是表示友好呢,还是表示敌意。

引擎熄灭了——它不再"呜呜"。它把脑袋歪到一边,双眼盯着罗杰,像是要把他看穿。然后,它喉咙里发出了一声令人吃惊的声音,你可能以为是听到一声狗叫。不,不是。是一声震耳欲聋的"喵",后面还跟着几声鸟叫似的吱吱声。

这一声既像犬吠又像猫叫还像鸟鸣的声音像是在发问,罗杰却不知道该如何回答。是否应该大叫一声把它吓跑?还是像狮子那样咆哮?猎豹可能会害怕大象——是否应该像一头被激怒的大象那样尖啸一声?

他想逃跑,但无路可逃。他已经尽可能地缩到了角落里。没武器,只有一把钢丝钳。谁听说过用一把钳子能对付一头凶猛的野兽?不过,还是可以给它造成伤害的,要是它扑过来的话,可以用这把钳子砸破它的鼻子,或是戳进它的一只眼睛。所有的野兽的眼睛和鼻子都是特别容易受到伤害的地方。

可如果破坏了那张漂亮凶猛的面孔,多可惜呀!那双辉煌的金黄色的眼睛,弯弯的睫毛跟长颈鹿的睫毛一样美,谁能忍心摧毁这样一双金光闪闪的明灯般的眼睛呢?

那么,只好对猎豹的发问给一个礼貌的回答了。

罗杰试着"呜"一下,但不太像,听起来更像是漱口的咕噜声。叫一声"吱"可能好一点,他收拢双唇,但叫出来的是"嘘"而不是"吱",他又试了两下,还是不行——一点也不像猎豹或鸟儿叫的"吱吱"声。来一声"喵"试试。这一声"喵"非得是一声超级的"喵",像猎豹叫的那么大声的"喵"。罗杰运足气使劲一叫——就"喵"声而言,这是一次杰出的模仿,但猎豹只把头歪了一下,似乎在想,这个奇怪的两条腿的东西在搞什

10 罗杰的猎豹

么名堂。

罗杰放弃了模仿猎豹语言的尝试,他决定试试自己的语言。他开始用一种低沉的声音对猎豹说起话来,就像眼前是一只小猫:

"猫咪、猫咪,"他温柔的声音里透露出一股笑意,"乖猫咪,漂亮的猫咪,或者,你要愿意做狗的话,来吧,乖狗。"

他温柔的声音真起了作用。猎豹轻轻一跃,就像狗似的把前爪搭到罗杰的胸膛上,罗杰被紧紧地压在角落里,胸口被挤得透不过气来。它的头还要高过罗杰的头,张开的大口里,锯齿样的长牙离罗杰的前额还不到几厘米。

他现在双手还是自由的,完全可以用拳猛击猎豹,或者挣脱,但他意识到最好还是站着不动,任其自然。他心里明白,自己吓得要死,汗毛直竖,浑身起鸡皮疙瘩。猎豹低下头,张着嘴,两只金黄色的眼睛就像 X 射线一样在窥视他的脑袋。罗杰从未在这么近的位置看过人或动物的牙齿,在他看来,这些大犬牙简直就像河马的牙齿那么大。他原先想过要砸烂它的鼻子,现在它像是要以牙还牙,从鼻子里呼出的热乎乎的气息直喷他的脸。

好,来了——它伸出长舌头舔他的脸,这是狗的习惯,不过它的舌头不像狗舌头,舌面粗得像砂纸,不一会儿就可以把他的脸舔掉一层皮。

"行了,乖狗,"他尽量使自己的声音保持低沉平静而不发抖,"下来,下来!"他慢慢抬起手搔着猎豹的后颈。狗喜欢这样,猫也喜欢这样,猎豹是不是喜欢这样就不知道了。

猎豹扭过头一口衔住罗杰的手腕,它可怕的利牙完全可以像咬碎一只野兔那样轻而易举地咬断他的手腕,但罗杰并不挣扎,猎豹也没真咬,这个家伙真像一条顽皮的狗,它在跟罗杰闹着玩!

罗杰用另一只手去挠它耳朵背后的地方,猎豹放开他的手腕,一下子从狗变成了猫,用它的脑袋拱着罗杰的脑袋。同时,开动了它的"搅拌机",呜呜声震得罗杰全身发颤。然后它放下前爪,开始前蹦后跳,嘴里还得意地吱吱叫。它的腿就像是弹簧,轻松地一跳就达3米多高。罗杰真担心,它落下来的时候千万别掉到毒桩上。但每一次它落下时一旦挨近毒桩,身体巧妙地一拧就避开了,接着就冲向罗杰,用脑袋抵着他——那么大的劲,几乎把罗杰抵倒。罗杰想,这样我可受不了,得给这个家伙找些别的玩法。他从土里拔出一根树根,扔到坑的另一端,猎豹闪电般地扑过去。罗杰心想,我还没有看到过任何动物的反应那么快。猎豹衔起树根,跑回罗杰身旁,把树根放在罗杰脚前,然后抬起头,竖着两只耳朵,双眼调皮地望着罗杰。

"真是条好狗!"罗杰说,"真乖。"

罗杰这才体会到为什么这种动物被叫作猎豹,因为很容易就可以训练它去捕获猎物。也许,还可以用它来追捕偷猎者,就像警犬。

恶作剧

罗杰听到上面有说话声。

"这小子会到哪儿去呢?"

"我走的时候,他还在刨坑。"

"在什么地方?"

"靠近供应车那儿,但现在那里也没有他。"

"你估计他可能掉进了那些坑里吗?"

"但愿不会,如果他掉到了那些毒桩上,现在已经没命了。"

罗杰听出来,哈尔和队长正在寻找他。

他现在并不想有人来救他,他和他的猎豹玩得多开心呀!他连想都没想过如何才上得去。他一心想着他的猎豹,要多和猎豹玩会儿。

"罗杰,你在下面吗?"哈尔从遮掩坑口的树叶中朝下望。罗杰听到他对克罗斯比说:"我什么也看不到,下面太黑。不过,我听到下面好像有东西在动。"

他的声音听起来好像很难过,罗杰不禁同情起哈尔来,他不能让哥哥为自己担心。他正想答应,突然又听到哈尔说:"要掉进这坑里,简直就蠢得像头猪。"

罗杰想,就为这句话,我得让你多担心一会儿。你这个大笨蛋,我用不着你救我,我真要想上去的话,完全可以自己爬上去。

他用手摸摸坑壁，看看是否有树根可以抓着爬上去，但他发现没有一根能承受得了他的体重。

他听到哈尔和队长已经离开坑口，慌了，大喊："哈尔！"

"你听到什么声音没有？"他听到哈尔说。

"没有。"

"等等！"咯吱，咯吱——哈尔走回坑口的脚步声，然后是哈尔的喊声，"罗杰！"

"有何贵干？"罗杰故意用一种彬彬有礼的声音答应。

"你这坏小子，你把我们吓了一跳，你被毒桩扎着没有？"正在这个时候，猎豹轻轻"呜"了一声，听起来就像是一声痛苦的呻吟。

"他被扎着了，赶快想办法，我去拿绳子。"

"我怕已经太迟了，"克罗斯比说，"那种毒药发作起来很快。"

哈尔已经跑向供应车，并且很快就拿了绳子跑回来。

"罗杰，我把绳子放下给你，你还有力气绑在身上吗？"

"我试试。"罗杰尽量装得很虚弱。

绳子放下来了，罗杰的脑子里突然闪过一个恶作剧的念头，这使他乐得几乎笑出声来。他把绳子绑到猎豹身上。

"行啦，拉吧！"他喊道。

绳子绷直了，"嗨，真重！"哈尔说。

"他还扎在木桩上！得使劲儿才能把他拔出来。来，我与你一起使劲儿！"这是队长的声音。

11 恶作剧

猎豹被吊起来了。对它来说，这很新鲜，但它不喜欢，它急得大吼一声，不是呜呜地叫，而是真正的咆哮。出现在坑口营救者眼前的是一个愤怒地咆哮着、发出震耳欲聋的呜呜声的大猫脑袋。他们吓了一大跳，几乎又让它掉回坑底。猎豹张开大口，爬上地面。

"豹子！"哈尔喊起来，但他立刻纠正了自己的错误，"猎豹！"

接着，他听到了罗杰清脆、有力、响亮的笑声。这笑声是那么开心、高兴，不可能是从一个肋骨间扎着木桩的人口中发出来的。

哈尔和队长苦笑着对望了一下，大喊道："你这个小坏蛋！等我把你拉上来再收拾你。"

听起来有点麻烦，罗杰想，还是待在下面为妙，等哈尔气消了再上去。但猎豹怎么办？它可能会跑掉，他不愿失去这位新朋友。

其实他不用担心，他的新朋友正趴在坑边上朝下望。当罗杰被拉上来的时候，它高兴地蹦来蹦去。如果罗杰以为上来以后，哥哥和队长将像迎接一个回头浪子一样，流着泪欢迎他，那他这下该失望了。

哈尔大喝一声："把他按住，我要好好揍他一顿。"

队长一把抓住罗杰的双肩，把他的脑袋按到膝盖上，哈尔对着他的屁股猛揍，打得哈尔自己都感到手掌生疼。后来，哈尔听到自己的屁股后头一声撕裂声，才停住手，原来猎豹一巴掌撕烂了他的裤子。三人一起跌坐在地上，放声大笑。猎豹看到主人已经不再受欺负，也高兴地围着人跳来跳去。

"看来它很喜欢你。"克罗斯比说，"算它走运，没落到偷猎者手里，而让你得了它。它那张漂亮的毛皮在纽约要值2000美元。目前，猎豹皮的大衣比其他的豹皮大衣时髦。"

"谁也不能穿它这身皮大衣，除了它自己。我要留下它打猎。"罗杰说。

"它会成为一条好猎犬的。猎豹虽然嗅觉不灵，但它的视力很好，而且行动敏捷、快如闪电。它也很容易被驯养——如果它喜欢你的话。你千万不要打它，甚至不能呵斥它，它的感情很容易受到伤害。一旦它感到受了委屈，你就不可能驯养它了。你待它好，它就对你亲，它跟豹子完全不一样——豹子长大以后会变得很凶暴，可猎豹不会，它会像狗似的忠心耿耿。你们知道，它跟人很亲近——这是它的本性，它为人类效劳已经有4000多年了。"

"4000多年？"

"至少。在埃及的一些古老的碑石上，可以看到人带着猎豹狩猎的图画。即使今天，在埃及还有人用猎豹做守卫。印度的王公给猎豹戴上眼罩，就跟驯鹰的人给鹰戴上眼罩是同一个道理，然后带它去打猎。猎豹戴着眼罩的时候很安静，当人们发现猎物的时候，立刻取下它的眼罩。猎豹一发现猎物，就会像子弹一样射出去。赶上猎物时，它伸出前爪打击猎物的侧腹部，你看上去它好像只是轻轻地碰了一下猎物，但已经足以把猎物打倒在地。猎豹把猎物叼到主人身边，即使一头大羚羊它也叼得动。但它会一直把猎物衔在口里，我敢打赌，你们猜不出人们怎样才能叫它

11 恶作剧

放下猎物。"

"对它说'放下'?"

"它不懂这个命令,但有一个它懂的命令——轻轻地捏住它的鼻子,不让它透气,那它不管嘴里叼的是什么都会放下。"

"能不能用它来追捕偷猎者?"

"跟我们的队员一样能干,甚至更能干——因为它有一副厉害得多的利牙,跑起来比我们的队员要快两倍。下一次,我们再发现偷猎者,就可以让它试一试。"

12

营 救

哈尔的狩猎队队员们放掉那些还活着,并且健壮可以活得了的动物;那些受伤严重的则放到卡车上,准备送往动物医院;那些因饥渴而垂危的动物则立刻给它们吃喝。由于父母被害而奄奄一息的小崽子们受到特别的照顾,被专门安排了一个笼子来装这些孤儿们。不一会儿,笼子就装满了。在一个地方同时安置这么多各色各样的小动物,真是前所未有的事。这些小动物有小象、小河马、颤抖的小羚羊、狮子崽,还有毛茸茸的小猴子。

队员们下到象坑拔掉那些毒桩,然后堆在一起,放火烧掉。他们还把象坑的一边挖塌,如果还有野兽掉下去的话,就可以自己爬出来。营救者们沿着长篱笆走着,从一个个缺口处拔掉那些铁丝套子,毁掉所有的"机关"——树上的飞镖:树下有动物触动机关时,就会被从树上直飞而下的毒镖刺中;安放在树木之间的弩箭:动物的脚只要轻轻地绊着藏在草里的扳机绳,一支毒箭就会射向它的背部;捕大象的残酷的"钉轮":大象脚一陷进去就再也拔不出来,偷猎者可以从容地取下象牙、割掉象尾巴,而大象则被留在那儿受尽折磨,最后死掉;蚂蚁陷阱:设在蚁山旁边,一旦动物落入,一只只长达5厘米的愤怒的蚂蚁将把被陷的动物啃得一干二净,匪徒们便可轻而易举地取下动物的长牙;断腿机:动物一旦踏中,它就会一蹦而起,将动物的腿打断。动物

12 营 救

将不可能逃出偷猎者的毒手——各种各样的、只有恶魔才想得出的、骇人听闻的、制造痛苦和死亡的机关。

哈尔说:"把这篱笆烧了!"队长表示同意,2千米长的篱笆很快就烈焰腾腾。

下一步,必须摧毁偷猎者的窝。首先,把草棚里的东西都搬出来。其中,有300多条象腿,中间已经掏空,准备用作废纸篓。另一堆是几十个豹子头,每一个豹子头都会给偷猎者头子带来不少的收入。从美国和欧洲来的旅游狩猎者都希望能猎到一只豹子,把豹子头制成标本,挂在墙上,以此作为炫耀的资本。但他们运气不好,总见不着豹子,因为豹子是夜间活动的野兽。他们因此认为自己去打豹子太麻烦了,不如在内罗毕一家商店买一个豹子头方便,把它带回家,挂到墙上,说是自己打的,谁又能不信呢?这儿就有这么一大堆豹子头,但这些再也不会挂到那些伟大的猎手们的客厅里了。旁边又是一堆财宝:一张张挂在外边晾干的猎豹皮,这一些也不会披到那些头脑简单的太太们身上了。那些善良、可爱的太太们一点儿也没想到,她们,正是她们,使这些美丽的动物惨遭杀戮。

"我一辈子都没见到过。"哈尔惊叹一声。

罗杰的猎豹轻轻地"喵"了一声,用鼻子拱着它同类的皮,似乎想叫它们站起来。

"那是些什么东西?"罗杰指着几只木碗里的奇怪毛发问道。

"大象的眼睫毛。"克罗斯比说。

罗杰疑惑地看着队长,他一定在开玩笑。

"你不是在逗我玩吧,队长?"

"绝对不是。"

"那，谁要大象的眼睫毛呢？"

"从这儿到新加坡，它们到处受欢迎。迷信的人认为，只要身上带着一小袋大象的眼睫毛，就会儿女成群，跟袋里的眼睫毛一样多！他们还说，它可以赋予你各种各样的魔力。我认识的一个俾格米族的酋长，就曾用一根象牙来换取大象的眼睫毛。有些偷猎者杀掉一头大象就仅仅为了取得它的眼睫毛！穿越红海，从阿拉伯来的独桅船就是为收购大象睫毛而来的，因为在阿拉伯一带，大象睫毛可以卖到很高的价钱。阿拉伯人相信，只要脖子上戴一小袋大象睫毛，就可以保你刀枪不入。"

再过去一点儿，有一堆比罗杰还要高的犀牛角。

"这东西又有什么用呢？"

"印度人出高价买犀牛角。他们把角磨成粉，加在茶里喝下去。"

"起什么作用？"

"他们认为，这样可以使自己像犀牛一样壮，像狮子一般勇猛。"

"有效果吗？"

"仅仅是想象而已，不会真有作用的，但在非洲却导致了严重的后果——犀牛正在逐渐消亡。它是非洲最有趣的动物之一，要是绝迹就太可惜了。"

"小心！"罗杰大喝一声，"你差点踩着了一条大蛇。"

草地上躺着一条大蛇，长达6米，闪耀着黄褐色的光芒。

"死的，一条蟒，"队长说，"偷猎者还来不及剥皮。蟒皮当

12 营救

然很值钱，可以用来做很多东西——鞋、皮带、手袋；蟒肉很好吃——像仔鸡一样鲜嫩；但最值钱的部分是它的脊骨。"队长说到这儿停住了。罗杰绞尽脑汁也想不出，蟒的脊骨能做什么用呢？

"非洲妇女用它来做项链。"队长接着说。

"仅仅为了装饰？"

"不，是一种迷信。她们认为，这是治喉咙痛的良药。也有人用来做腰带，谁要是围上这么一种腰带，保你永远不会消化不良。"

"你还有比这更荒唐的理论吗？"罗杰说。

"的确相当荒唐。"克罗斯比承认，"再看看这些葫芦里的东西，这是河马脂肪，他们用来抹头发，把头发抹得油光锃亮。那边那只葫芦里装的是狮子脂肪，他们用来治风湿。"这时，队长注意到不远处有一堆新土，上面连一根草也没有。他说：

"如果我没弄错的话，有人在这儿挖了个坑儿，下边可能藏有东西。"

队员们拿来铁锹，铲开土，朝下挖了一会儿，就露出了一根象牙。又继续朝下挖，挖出了更多的象牙。队长数了数，一共有540根。

克罗斯比掏出笔记本，用笔在上面算了一下，然后说："以每根象牙27千克计算，540根一共大约是15000千克。黑胡子每千克付给他的喽啰44便士，但他将以每千克约4镑的价卖出，这样，他就可以挣53400镑。"

"我还从未想到过，"哈尔说，"这行生意的规模如此之大。"

81

"是大规模的屠杀。"克罗斯比说,"540根象牙就意味着270头大象被杀,这才仅仅是一个偷猎营地,在东非有好几百个这样的偷猎营地。这条陷阱篱笆才不过2千米长,你们就认为触目惊心了,更多的是10千米、15千米、20千米的哩!在维多利亚湖附近发现的一条竟长达110千米,我们曾经在一个偷猎者营地发现过1280头大象的尸体。"

哈尔紧皱眉头,太难以令人相信了,他还不能理解这么大的数字的含义。

克罗斯比又继续说:"仅仅是一个察沃国家公园,我们估计,每年由于偷猎就要丧失150000头野生动物;就整个东非而言,偷猎者每年要杀掉上百万头动物,"克罗斯比笑笑,说:"也许,你们被我举的这些数字弄得晕头转向,我是想让你们了解——情况非常严重。"

"为什么这些国家的政府对此不采取对策呢?"

"说起来容易,做起来难哪!"克罗斯比说,"政府拿不出钱来做这件事,这需要成千上万的守备队队员。"

"但这样下去,这些野生动物很快就要被杀光啦!"

"一点不错。那时,这个国家公园就不复存在了。到东非来的游客90%是来看动物的,他们每年为东非带来1000万英镑的收入。如果这一笔收入断了,这些国家必然更穷。对所有的动物来说,人是最危险的!在过去2000年里,世界已经灭绝了100多种动物,其余的也正在飞速的消亡之中。目前,有250多种动物正濒于灭绝,它们一旦离开我们,就将是一去不返了。"

13 红色的尘土

偷猎者的小茅屋被一把火烧成了平地。

所有的战利品：长牙、尾巴、角、皮、河马牙、象脚、长颈鹿蹄筋、豹子头、狮子头、羚羊角、鳄鱼皮、河马脂肪、蟒蛇脊骨、白鹭毛、火烈鸟毛、鸵鸟毛、丹顶鹤毛、象的眼睫毛，连同所有的夹子、铁丝套子、各种机关等等，一起装满了几辆卡车。

"你打算如何处理这些东西？"哈尔问，"卖掉的话可以发一笔小财。"

"那钱带血腥味，"克罗斯比说，"我们不想从乱捕滥杀中取利。不过，我认为我们可以更好地利用这些东西——把它们放到博物馆去，让世界各地的游客都可以看到它们。我想，没有人会看到这些东西而不受到震憾的，从而触动他们去为制止对无辜动物的杀戮尽自己的力量。"

车队回到了营地。克罗斯比与哈尔兄弟一走进房间，小个子的辛达·辛格法官就满面笑容地迎了上来。

"哈，老朋友，"克罗斯比大声喊着，"又见到你，太高兴了。你上次的内罗毕之行还好吧？"

"很好。我现在要回蒙巴萨去，顺便来看看你，看看你突然袭击的战果如何。"

"非常成功，全靠哈尔兄弟俩和他们的狩猎队。47 名偷猎者正被押往蒙巴萨的监狱,最好你明天早上就审问他们。"

小个子法官吹了声口哨,说:"那不是太妙了吗?你可以相信,在我的法庭上,他们会受到应有的惩罚。我们要消灭这种偷猎行径——你们和我一起。这是耻辱,是暴行,必须制止。我想,你们一定抓到他们的头子了吧?"

"黑胡子?没有!真遗憾,他溜掉了。"

"啊,那的确是遗憾——极大的遗憾。"悲天悯人的小个子法官说道,"我真想亲手逮住他,他要不受到法律最严厉的惩罚,休想离开我的法庭。呃,他是怎样从你们鼻子底下溜掉的?"

"他太狡猾,我们拿他没办法。他精明得很,让喽啰们打头阵。当我们抓那些喽啰的时候,他就跑了。用狗追了一阵他的踪迹,但到了河边,狗也无能为力了。"

法官望着祖卢说:"狗是一条好狗,那个黑胡子一定非常精明,才能胜过这条如此机灵的好狗。"他伸出手拍了拍祖卢的头顶,祖卢吸吸鼻子,朝后退了一步,接着就开始咆哮起来。

"好啦,我该走了。"法官愉快地说,"多漂亮的猎豹,它似乎已经很习惯了,它和狗怎么合得来?"

"还不知道它们是否合得来。"哈尔说,"至今为止,它们虽然互不理睬,但还都有礼貌。"

"我们送送你吧!"克罗斯比说,然后几个人一起出门朝法官的小汽车走去。

哈尔立刻注意到了一件奇怪的事情:小汽车上没有一点红土!

哈尔曾经几次驾车来往于内罗毕,那是一条尘土飞扬的土

13 红色的尘土

路。沿途堆放着一堆堆的黏土,是为铺路而运来的一种红土,你要沿着这条路旅行的话,车上不可能不蒙上一层红色的尘土。察沃国家公园内的路用的不是红土,在这儿,车子也要蒙上尘土,但那是白色的尘土。法官的车上就蒙着一层白色的尘土。

"你是怎样避开那些红色的尘浴的?"哈尔问。

法官似乎被这个问题吓了一跳,但他的反应极为迅速,献媚地一笑,说道:

"哈,哈,在那路上走,肯定要沾上一层土,所以进国家公园以前,在加油站把车冲了一下。"他又微微一笑,"还有问题吗?"

"没有,没有。"哈尔为自己这样诘问善良的法官有点不好意思,但辛格法官似乎并不在意。

他向克罗斯比说:"再见,马克,保重!我祝贺你有这些孩子们的帮忙,他们很机灵,说不定还可以逮住黑胡子哩,谁知道呢?"

说完,他就走了。

祖卢和猎豹开始互相了解对方,但进行得并不是很有礼貌。两位都张着大口,露出各自以为值得炫耀的一副利牙。祖卢汪汪狂吠,猎豹身上狗性的一半在咆哮,猫性的一半则发出呼噜呼噜的声音。

它们力图施展大自然所赋予它们的本事。阿尔萨斯犬是天生的警犬,不管是人是兽,都不允许在它的面前胡闹;猎豹天生是捕猎其他动物的猎手,包括捕猎野狗,而这一条看来就很野。

"祖卢,过来!"罗杰厉声喝道,"还有你——叫什么,我就叫你'奇奇'① 吧——放规矩一点。"

奇奇原本想把这条狗当作一顿美餐的,但现在看到罗杰摸着祖卢的头,不得不收敛一下。它挨到罗杰的另一侧,用鼻子拱着罗杰的腿,轻轻地叫着"喵,喵"。罗杰也摸了摸它的脑袋。

但两个家伙敌意未消,它们突然从罗杰的两条腿之间向对方冲去,把罗杰掀了个四脚朝天。

"奇奇!祖卢!"罗杰跳起身,一只手拉住祖卢的项圈,另一只手抓住奇奇的颈毛,把它们拉到一起,脸对着脸,鼻子几乎挨着鼻子。两条狗都"呜呜"哀叫,谁也不再"汪汪",也不再"呼噜"。它们都是极通人意的动物,一下就听懂了主人的意思。罗杰松开手,它们各自朝不同的方向退去,然后趴在地上,似乎要好好想一想。

"拿什么来喂奇奇?也不知道它被困在那个坑里有多久,它一定饿了。"罗杰突然想到这件事。

哈尔说:"啊,那容易,只要在你手上切开一道口子,让它喝你的血就行了。"

罗杰不屑地说:"你以为你挺能,是吧?"

队长插嘴了:"不,你哥哥说得对。猎豹最喜欢的就是血,不过,不是非喝你的血不可。"

"我们可以放它自己去捕获猎物。"

"那你就会失掉它。你想要它跟着你,就得亲自喂它。"

---

① 猎豹一词,英语 cheetah,读音类似于"奇它",罗杰给它起名"奇奇"有亲昵的含义。——译者注

13 红色的尘土

"怎么喂呢？"罗杰突然想到个主意，"准备送进医院的那些动物有没有死了的？"

"没有，我们就是要尽可能保证它们一头也不死。"

"那怎么办？"

"上车吧！"克罗斯比说，"我可以带你到一个地方去，在那里可以弄到很多血，而且什么动物也用不着死。把奇奇叫上。"

罗杰喊了一声"奇奇"，但猎豹还不知道它已经有了个名字。罗杰走到它跟前拉它后颈的毛，它还以为罗杰在爱抚它呢，高兴地"呜呜"叫开了。

克罗斯比笑了，"看来你还不知道如何牵一头猎豹。握住它的牙齿！"

罗杰瞪着眼睛：这一回队长肯定在开玩笑。

克罗斯比继续解释说："猎豹的犬牙很长，而它的门牙和臼齿很短，你可以在它的上下短牙之间把手指头塞进去，握住犬牙。它会用短牙咬着你的手指头，但如果它喜欢你，它就不会用力咬。当然，你得冒一定的风险——它完全可能不喜欢你。如果成功的话，你想要它上哪儿就可以牵它到哪儿。"

"如果不成功的话，"哈尔装作安慰的样子说，"你也不过丢几个指头而已。"

罗杰狠狠地瞪了哈尔一眼。哥哥是想吓唬他，其实用不着吓——他已经害怕了。当他小心翼翼地扳开奇奇的嘴巴时，背脊上就像有一条毛毛虫在爬！他把指头慢慢地从短牙之间插进去，钩住长长的犬牙。这真是一辈子从没做过的蠢事，奇奇肯定要咬。

13 红色的尘土

  奇奇咬了，但没用力咬，而是用牙轻轻地压住他的手指头。整整一分钟，罗杰的手指一动不动地留在那儿，另一只手则搔着奇奇的脖子。

  他开始拉了。轻轻地，奇奇伸直身子，起立。罗杰又等了一会儿，然后慢慢朝汽车走去，奇奇就一直轻轻地咬着罗杰的手指跟到了汽车旁。把奇奇引进汽车，既不能用搁在猎豹牙齿之间的手使劲拉，又不能使它受惊，这个经历罗杰是不会轻易忘掉的：一只手搁在猎豹的牙齿之间，侧着身子，一寸一寸地往座位上挪，实际上他想抽出手也几乎是不可能，奇奇的牙咬得很紧。幸运的是奇奇已经坐过一次汽车，而且没有发生什么令它惊慌的事，所以这一次它也没有过分紧张。它两条后腿立在地上，两只前爪搭上汽车，轻轻一跃就进了驾驶室，坐在罗杰的双膝之间。这时它才松开牙齿，罗杰才能抽出手指。手指上留下红红的齿印，但没破皮。猎豹有力的双腭可以咬碎狒狒的脑袋，就像用锤子砸核桃一样的容易，但这个畜生温柔、聪明的天性恰到好处地控制着咬住罗杰手指的力量。

14

猎豹的晚餐

营地在公园的边缘,所以只几分钟,汽车就出了察沃国家公园,来到一道刺篱笆的外面。这不是陷阱线篱笆,而是一个村子的刺墙。

"为了防止野兽进村?"罗杰问。

"不,"克罗斯比说,"是为了不让牛群出村。这些马萨伊人①是以放牛为生的,你可以叫他们非洲牛仔。进来见见他们吧。"

队长领着罗杰和奇奇穿过刺墙的一个门进了村。罗杰见过各种稀奇古怪的村庄,但从没见过这种模样的村庄。小屋像蚁山,而不像房子,蚁山都比这些屋子要高些大些。这些小屋的屋顶只有罗杰的下巴那么高。

"像是用泥巴糊的。"罗杰说。

"差不多,他们先用树枝搭好骨架,然后用牛粪和黏土糊在上面。"

"门才不过1米高,他们是俾格米人②吗?"

---

① 马萨伊人:东非一带游牧民族的一支。——译者注
② 俾格米人:非洲一带的种族,其特征是身材矮小,一般约1.4米高。——译者注

14 猎豹的晚餐

"才不是呢,瞧!"

从最近的小屋里出来了一个人,钻出门时,他不得不使劲弯腰,胸部几乎要碰到膝盖。当他出得门来站起身时,身高竟超过2米——几乎与罗杰在月亮山上看到的瓦杜西人①一般高。

"为什么人这么高,却把门做那么矮呢?"

"他们自有他们的道理,如果有敌人想侵入你家的话,他就不得不深深地弯下腰,这样才进得了门。这种姿势使他毫无还手之力,只要在头上给他一下,或用矛一戳,他就得在门口倒下。"

从泥巴小屋中钻出一个又一个人来,他们见到克罗斯比都露出了笑容,可见克罗斯比跟他们很熟,而且很受欢迎。他们身上除了披一件牛皮斗篷之外,就什么也没有了。头发糊着红色的黏土,在额前梳着一条短辫,脑后则编着一条长辫。这些人从小就在耳朵上扎洞,并坠以重物,所以他们的耳朵都是长可垂肩的,那个耳珠上的洞也就越坠越大。到中年时,这个洞已经可以塞一个相当大的东西了,这也非常有用,因为他们的斗篷是没有口袋的。

当他们对着罗杰笑的时候,罗杰发现他们咧开的嘴里,上下都少了两颗牙齿。他问克罗斯比,这是怎么回事。

"这些人有时会得牙关紧闭症,牙齿死死地咬在一起,既不能吃也不能喝。为了能在患这种病的时候,把食物和水灌到嘴里,

---

① 瓦杜西人:中非一带的种族,男子身高一般在2米以上。——译者注

他们只得敲掉几颗牙齿。"

"牙关紧闭症是可以治得好的呀,他们不看医生吗?"

"他们不相信医生。事实上,现代的事物他们都不太相信,他们坚持着自己的一套生活方式。"

一个挺英俊的马萨伊人,面带笑容来到罗杰跟前。站定之后,他猛地朝罗杰脸上吐了一口唾沫。看到罗杰惊愕的样子,克罗斯比不禁开心地大笑起来。那位马萨伊人似乎还在等着什么,站在原地不动。

"回吐他一口。"克罗斯比说。

罗杰不相信自己的耳朵。

"朝客人脸上吐唾沫,是马萨伊人表示友好的礼节,"队长说,"不能让他老等着,不然他会动怒的,赶快回吐他一口!"

罗杰尽可能多地在嘴里积满唾沫,使劲朝马萨伊人脸上吐去,这位高大的马萨伊人咧开嘴笑了。

妇女和孩子们也从小屋里钻了出来,但都很怕生,不敢走近。孩子们赤身裸体,妇女们则披盔戴甲——不是骑士们穿的铠甲。她们的手臂戴满了金属的手镯,脖子上戴的是金属弹子穿成的项链,金属的大耳环宽达数厘米,腰间围以各种金属饰物,腿部从踝到膝全部缠着一圈又一圈的金属线。看上去,金属线是唯一的现代化的东西。

"她们到哪儿买这些金属线?"

"不是买的,是从附近的电话线上偷来的。"

罗杰还注意到,这些人身上几乎是一尘不染。对于住在泥巴小屋中的人来说,他们真算是非常干净的了。

14 猎豹的晚餐

"他们一定每天洗几次澡。"

"不,"克罗斯比说,"他们一生只洗两次澡——出生一次,成年时一次。"

"那他们怎么能使身子保持那么干净?"

"沙。你洗过沙浴吗?你要试一试的话,会发现可以洗掉你一层皮。他们洗惯了,所以只洗掉身上的尘土。"

克罗斯比改用土话跟一个土著人说些什么。他指指猎豹,又指指小屋旁的一头牛,马萨伊人则不断地使劲点头。队长用英语对罗杰说:

"马上就可以给你的猎豹弄点血,但用不着杀生。在这个地方,马萨伊人有点像猎豹——他们也靠饮血为生,血和牛奶。这可能是世界上人类的饮食当中最奇怪的食谱了——尽管在你们的国家里,有些人的减肥食谱也够怪的。"

"你是说,马萨伊人只喝血和牛奶,而不吃肉、蔬菜、水果?"

"少数会吃一小点儿肉,可能节日才吃,大多数碰都不碰。而且从不吃任何蔬菜,或汤,或沙拉,或面包、饼干、布丁、点心,不吃乳酪、牛油,不吃鸡蛋,不吃果酱或果冻,什么甜东西都不吃,什么水果都不沾。"

"仅仅喝血和牛奶!"罗杰感到不可思议,"怎么可能仅仅喝血和牛奶!人们会认为他们一定瘦得一阵风就可以刮跑,但他们看上去都挺壮实。"

"他们的确很强壮,而且很勇敢,一个马萨伊人可以赤手空拳与一头狮子或豹子搏斗。一个年轻人必须只用矛杀死一头成年狮子之后,才可以宣称自己已成为男子汉。"

罗杰看看那些母牛,说:"牛奶就是从它们身上来的了,那血呢,从哪儿来?"

"来吧,让你瞧瞧。"

那人带着一张弓和一支箭,他选中了一头母牛,在离牛不到 2 米的地方站定,一条腿跪在地上,用箭瞄准了母牛的脖子。

罗杰想,不杀死牛——完全是瞎扯。他肯定要杀掉那头牛。

牛并不惊慌,仍旧安静地嚼着草。他放了箭,射中了,牛仍然安静地、像没事儿似的嚼着草。罗杰注意到,箭头只扎进去了几分,还不到 3 厘米深。原来,在箭镞的后面套着一个卡子,使箭头不可能扎深。箭头一定很锋利,牛还没觉得疼就扎进去了。

箭手拔出箭,一股血从牛的脖子上冒了出来,另一个土著人用一只葫芦接着,牛就像让人给它挤奶那样,耐心地呆立着。

装了满满的一葫芦之后,土著人用一种难看的糊糊敷在伤口上。克罗斯比说:"这是草药和灰的混合物,你看看它的止血效果,而且还可以防止感染。"

那个马萨伊人眼睛看着罗杰,嘴里不知在跟克罗斯比说些什么。队长点点头,那一个人便钻回小屋,拿来了一只小葫芦。他从大葫芦里倒出约半杯血装到小葫芦里,又一个人蹲到一头母牛身旁,从母牛乳房朝小葫芦里挤奶。然后,他用一个指头把葫芦里的血和奶搅了一下——最后,递给了罗杰。罗杰绝望地看着克罗斯比。

"把它喝下去!"克罗斯比说,"他们想向你表示欢迎友好

14 猎豹的晚餐

之意,不能扫他们的兴,不然会伤害他们的感情的。"

"那我的感情怎么办?"罗杰嘟哝道。

"先别管你的感情,年轻人!"克罗斯比嚷了起来,"在非洲,你得向非洲人表示你尊重他们,如果你不想碰上不愉快的事件的话。"

"好吧,听你的。"罗杰顺从地说。他接过葫芦,一口气喝下里面的东西。他不敢歇气儿,怕一停就再喝不下去。但喝过之后,觉得还不是那么难受。

这举动在马萨伊人身上产生了奇迹般的效果,他们议论纷纷,高兴地咧开大嘴,有的还上来拍拍罗杰的肩膀。现在,他们把他当作真正的朋友看待了。

现在该轮到奇奇了——不过,没加牛奶。它贪婪地舐光了那些新鲜的牛血。马萨伊人还给另一头牛放血,好让他们带回去让奇奇明天喝。

在回营地的路上,罗杰问道:

"马萨伊人养牛就是为了取血吗?"

"啊,不,他们娶妻子也必须得有牛。一个男人得付给姑娘的父母三四头牛。牛越多就可以娶到越多的老婆。马萨伊人的财富是以牛群而不是以钱来计算的,他身上可能一个硬币也没有,但如果他有100头牛的话,他就是个富翁。"

"他卖掉它们就可以有很多钱吗?"

"不是那回事儿。他们不卖牛,卖掉之后就什么也没有了,除了钱。他们对钱不感兴趣,看重的是牛。就因为这样,马萨伊人成了一个大问题。"

"怎么回事?"

"成千上万的马萨伊人,喂养上百万头牛,这么多的牛毁掉了数千平方千米的草地。牛不光吃掉地面上的草,它们连地下的根都吃掉了,草原就成了沙漠;野生动物不吃草根,所以草原仍旧是草原。马萨伊人其实用不着养那么多牛,但我们却必须给野生动物提供大量的食物,才能吸引游客到这里来。"

他们在河边停下让奇奇喝水。奇奇走到河边,先望望上游,再望望下游,又望望对岸,还使劲地喷着鼻子发出呼呼的响声。

"真聪明,"克罗斯比说,"它这样'呼呼'叫是为了吓跑鳄鱼。有时候,一头狮子,或者豹子,或是羚羊来到河边喝水,把嘴凑近水刚要喝,鳄鱼就可能一口咬住它的鼻子把它拖下水。猎豹很聪明,它不会冒这个险。"

奇奇喝完水自己就跳上汽车,再也不需要罗杰来牵。这一次,它不愿意再坐在地板上,它想坐罗杰旁边的座位。罗杰只好朝中间坐,奇奇则坐在开着的车窗旁。当汽车从一群游客旁边经过时,奇奇从开着的车窗把头伸出车外,一位太太惊叫起来:"看哪,他们车上有一只老虎!"

队长笑了,他一踩油门,汽车飞驶而去。他说:"老生常谈啰!人人都认得老虎,或以为认得老虎,或认得豹子,或美洲虎,但一百个人当中,难得有一个人见过这类大猫中最亲人的一种——猎豹。"

奇奇有时候对人简直太亲了,晚上它非要睡到罗杰的床上。它的身子从鼻子到尾巴尖有 2 米多长,四条腿横在床上要占 1 米宽的地方,罗杰几乎没地方可睡了。更糟的是,整个晚上它都在

14 猎豹的晚餐

罗杰耳边打着呼噜,而且那不是一般的呼噜,简直是磨坊里大石磨发出的轰隆声。不过,像罗杰这样健壮的十多岁的小伙子,又忙了一整天,要吵醒他也不容易。

15

审 判

"你在想什么吧?哈尔。"

克罗斯比注意到,吃早餐的时候,哈尔一副心不在焉的样子。他的咖啡已经凉了也没喝,也没加入他们的谈话——队长、罗杰及奇奇的谈话。奇奇本性难改,喉咙里一直在呼噜呼噜地震天响,队长和罗杰只有提高嗓门才能盖得住它的呼噜声。哈尔似乎在想着什么别的事情。

他抬起头,笑着说:"我在胡思乱想,被你发现了。"

"我能帮你什么忙吗?"

哈尔迟疑了一下,"呃——可以,是关于——你的朋友,辛格法官。你对他的印象很好,是吧?"

"我想是的。"克罗斯比承认,"他乐于助人,待人友善,为我做了不少事,前天还救了我的命——你们已经看到了。"

"不……"罗杰脱口而出,但他看到哈尔的暗示,只好忍住了。他很想告诉队长,是哈尔救了他的命,而不是辛格。辛格几乎要了他的命。

克罗斯比继续说:"而且,法官是我打击偷猎者的同盟军,没有他的话,我们就达不到目的。我们可以抓,但我们没权处罚。偷猎者只有在他的法庭上才能受到惩处——罚款或入狱。法律规定,对偷猎者要判以重刑。"

15 审判

"他是否按法律规定判处他们呢？"

"是的，他说是的。"

"你到过法庭吗？"

"啊，没有，我这儿太忙。我干我的事儿，让他管他的事儿。"

哈尔继续吃鸡蛋和咸肉，他闷着头吃了几分钟之后，又说："真是有意思的人，我说的是法官。我想看看他怎么审判，我们今天上午到那儿走一趟怎么样？看看审判去。"

"我去不成。"克罗斯比说，"不过，你们没什么理由不能去，唯一不便的是，去蒙巴萨来回有400千米，而且路很难走。哈，我怎么搞的！你是个飞机驾驶员嘛，上次我昏倒在操纵杆上，就可以看出你的本事了。开小飞机去。等着！"

他走到书桌前取来地图。

"瞧，我们在这儿——这儿是蒙巴萨，你们知道，它在一个岛上，与大陆之间靠一道堤连接。这儿是着陆的机场，"他用铅笔标了个十字，"从那儿你们可以搭出租汽车到法庭——在这儿。"他又画了个十字。

来到简易机场，克罗斯比指挥着给飞机加油，除了加满机翼油箱之外，还另外在飞机后部装了一个应急油箱。他还交给哈尔一台手摇泵，如果需要，就用手摇泵把应急油箱的油压进机翼油箱。队长把仪表板上的各种德文说明都译成了英文，还特意说明了哈尔原来不明白的几个地方。

"起飞前，发动机一定要充分加速，"他对哈尔说，"不然你就无法避开跑道尽头那些树。"

哈尔爬进飞机，罗杰正在跟着往里爬的时候，被哥哥制止了："先下去吧，小家伙，我需要练习一下。"

"你不能带上我练习吗？"

"我先上去，再下来，那时再带你。"

罗杰正表示不干，克罗斯比说话了："你哥哥做得对，有点儿危险。"

罗杰有点儿丧气，也有点儿生气：如果哈尔可以去冒险，为什么不能让他也冒险。队长笑了："我可不能一下子失去你们俩。"

"我5分钟后下来。"哈尔说，"如果我忘记了某个按钮，说不定还用不着5分钟。"

他看了一下风向袋，情况并不令人鼓舞。风向袋的指向应与跑道同方向或反方向，现在它与跑道方向垂直，在一条两旁都是树的狭窄的跑道上，这可能会出麻烦。

他拉上透明的机舱罩，完全封闭在透明的机舱里。"像橱窗里的假人！"罗杰想，他一肚子的气。

哈尔开始发动飞机，试了试助推泵，然后等着油温升高。

他把飞机滑到跑道尽头，调头，推下风门杆，飞机朝前滑动，但太慢了。哈尔使劲咬着牙，似乎这样可以使飞机跑得快一点。他真希望跑道是沥青的而不是草地。飞机颠簸着前进，越来越快。离地了，已经腾空，哈尔把襟翼置于15度以获得更大的升力，跑道尽头的树以吓人的速度朝他扑来。令他担心的还有侧风，风一直把飞机朝右边推。就飞机而言，这是一架小飞机，但它的12米长的翼展，在这条狭窄的跑道上还是太长了。右翼的

15 审 判

翼尖已经扫落了几片树叶，只要碰着一根指头那么粗的小树枝，就足以叫这架飞机一头栽到地上。他飞过了树顶，只差几厘米就碰上树梢。现在他可以想一想了，刚才该做而没做到的步骤：襟翼角度更大一点，拉平升降舵，机头尽量迎风——下次记住，要飞得好一点。

他转了几个圈，直到他紧张的神经松弛下来，才把飞机对着跑道准备降落：放下襟翼，减速，摇摆方向舵，降低高度。飞机掠过树梢，像片树叶轻轻地滑落在草地上。这次他已经知道刹车的位置，踩下刹车，飞机在坑坑洼洼的草地上颠了几下，停住了。哈尔打开舱盖。

"漂亮！"队长高兴地称赞说。罗杰虽然还是一肚子气，也不得不承认："是不错。"他立刻爬进飞机占了另一个驾驶位置。

这一次飞机像是认识了新主人，所以飞得像架飞机了。爬到1800千米高空之后，哈尔把飞机拉平，沿着察沃河向东，朝察沃火车站飞去。在那儿拐弯往右，下面就是通往蒙巴萨的红色公路，旁边是铁路。

这块地方曾经发生过很多不幸的事件。很多年以前，这儿修铁路的时候，全世界的报纸都连篇累牍地刊登关于"察沃的吃人者"的恐怖故事。所谓"察沃的吃人者"就是狮子，那些狮子吃人肉吃出味道来了，尽管人们费了很大的劲儿追捕它们，可有一次还是一下就咬死并吃掉了20个修路工人。

在左边，嘎拉纳河水像一条闪光的带子，飘向远处的印度洋。辽阔的察沃国家公园向北伸展，绵延数百千米。

水珠飞扬的卢嘎瀑布在朝阳下泛着白光，瀑布下边的小湖旁大象、犀牛、长颈鹿在俯身饮水；动物们集中在小湖旁和几个小水坑附近；成群的野牛、斑马和角马在水边肥沃的草地上吃草；白天活动的狮子出来寻找早餐，而夜行的豹子则退回到了森林的暗处。

突然，他们看到一个小树林中冒出一股烟。

"偷猎匪徒的营地。"哈尔猜测说。

罗杰却叫了起来："陷阱带！伙计，那么长，足足有8千米。"

哈尔一算："如果每15米设一个陷阱，差不多就是500多个，假如只有一半抓住了动物……"

"什么假如一半！"罗杰说，"昨天那个地方每一个陷阱都有动物。"

"是的，匪徒每星期来收一次，一星期死500只动物，一个月就超过2000只！我简直不能相信，我是不是算错了？"

"那又怎么样？"罗杰说，"即使一个月只死100只，那也够多的了。而且，不要忘记，这还仅仅是一条陷阱带，队长说过，还有比这长两三倍的呢！东非有几百条这样的陷阱带。"

这次飞行很容易，顺着公路和铁路往前飞就是了。实际上公路是看不见的，因为持续不断来来往往的汽车带起的尘土已经把它遮住，这条红色的彩带一直飘向蒙巴萨。现在可以看到那座珊瑚岛，像是碧波万顷的印度洋上镶着的一块宝石。

飞机轻盈地降落在离城12千米的机场上。兄弟俩搭乘出租汽车经过长长的海堤，穿过繁华的街道，来到了法庭。

哈尔从门缝朝里窥望着。

15 审判

在房里的那一头，一个高高的台子，台子上放着桌子，桌子的后面，就坐着辛达·辛格法官。现在看上去他就不是那么矮小了，黑色的长袍给他增加了一种尊贵威严的气派。在他的前方，站着所有的偷猎者。其他的都是旁听者，也全都站着。没有陪审团，没有起诉人，也没有辩护人，法官辛格是唯一的权威。这不是刑事法庭——真怪，乱捕滥杀无依无靠的动物并不被认为是刑事犯罪。

"我不想让法官看到我们，"哈尔低声地说，"我们弯下腰，尽量悄悄地溜进去。"

他们溜进门，站在人群后面。

一名翻译在用土话询问那些犯人，随后用英语传达给法官："他说，他是个穷人，有8个孩子，还有4个将要出世。"

"4个要出世？"

"是的，他有4个妻子。"

法官神情严厉地问道："他知不知道，因为偷猎，我可以判他10年监禁？"

"知道。"

"但是，本法庭同情穷苦不幸的人，我决定不惩罚他，一个有4个妻子的人已经被惩罚得够苦的了。"

群众中爆发出笑声，多风趣的法官。

辛格法官宣布："结案！"

并不是所有的人都感到有趣，哈尔旁边站着一个年轻的非洲人，他愤愤地说："他太宽容这些人了，这样搞法，永远也别想制止住偷猎行为。"

哈尔点点头，他想起了他和他的伙伴们经历的种种危险和麻烦,才抓到这些坏蛋。而现在,这些家伙们不受惩处或轻描淡写地罚一下就被放掉,他们当然会毫不犹豫地再去干那一行。

法官已经在问另一个犯人:"你不知道滥杀动物是犯罪吗?"

"不知道。我们的部族一直都靠捕杀动物为生,我们的父亲杀,父亲的父亲杀,一直都是这样。"

法官沉思地说:"我们怎么能要求这个人违背他本族的传统呢?结案。"

下边一个用的是另一种借口:"我是个善良的人,我不喜欢杀生,但那个长黑胡子的人,他要我们去杀。"

法官庄严地点点头:"你不是出于自愿去干的?"

"绝对不是。"

"这个长黑胡子的人是个恶棍,你怕他,是吗?"

"我们全都怕他!"

"很好!"法官顿了一下,说道,"我是说,你不是自愿干的,很好。我怎么能惩罚一个被迫去做他不愿做的事的人呢?结案。"

另外一个,当被问到为什么偷猎时,他说他有一群羊,那些野兽老吃他的羊——所以他要杀死那些野兽。

"你杀了些什么野兽?"

"主要是,呃,犀牛、长颈鹿,呃,大象、河马,嗯,还有斑马,还有羚羊。"

"你为了保护自己的羊群而杀死野兽,不应受到处罚。结案。"

站在哈尔旁边那个非洲人怒气冲天:"那些动物全是吃草的,别的什么都不吃,没有一种会吃羊!这是滑稽戏、骗局!"

他转身离开了法庭。

16

老码头

哈尔兄弟也气极了,但他们坚持到底——他们听完了所有47名偷猎者的蹩脚借口,法官知道,如果人人都如此简单地"结案"了事,那就显得太荒唐了。所以他也轻轻地判了几个。

一个被判入狱,不是10年,而是3天。他一听到判决就咧开嘴笑了,他在监狱里可比在家里吃得更好,还可以好好休息休息。

一个家里有块地种西瓜,被判罚一个西瓜。

另一个家里养有鸡,被罚了两只鸡蛋。

大多数都无罪开释。

哈尔和罗杰没让法官看到就溜出了法庭。他们一肚子闷气,而且茫然不解。

"我们出生入死抓来这些坏蛋,"罗杰嘟嘟囔囔地说,"而他把他们都给放了。"

"而且这意味着,我们的行动带来了更坏的后果,并且毫无益处。"哈尔说,"现在,这些家伙可以随心所欲地干偷猎勾当了,因为他们知道,如果被抓的话,不过是免费进城逛一趟而已。"

罗杰感到奇怪:"那个古怪的法官到底是怎么回事儿?他宽恕那些偷猎者,总有那么多冠冕堂皇的理由,还夸夸其谈什么保护野生动物。队长被他骗了。你知道我在想什么吗？我看，他与黑胡子是一伙儿的。我敢打赌，他们两人是合伙分赃的，一人得一半。"

哈尔摇摇头："他像个善良可亲的小老头儿，而黑胡子是魔鬼，他们之间怎么可能合作共处？在我们没有更多的事实以前，我们只能假定他是个好人。也许，他真的相信，能以他的仁慈来感化那些偷猎者。"

"狗屁仁慈！"罗杰嚷道，"把一伙偷猎者放出来残杀野生动物，这是对它们的仁慈吗？"

他们沿着街道慢慢往前走。罗杰因为哥哥不愿意朝坏处去看法官的所作所为，感到很不高兴。他突然停下，说道：

"喂，我们侦查一下吧，你说他是个天使，对非洲人一片好心肠；我说他是魔鬼，与黑胡子有勾结。我们想办法弄清楚，看看谁是对的。"

哈尔笑笑，什么也不说。他有种感觉，他们两人的看法都不对，法官的奇怪行为一定另有原因。他并不真的认为法官是天使，实际上他可能是个比罗杰想象的魔鬼还要坏的家伙。时间将会弄清楚一切的。

他们毫无目标地闲逛了一阵，已经离开了大厦林立的大街，不知不觉中转入了由狭窄小巷组成的像迷宫一样的阿拉伯老式城区。打开着的门通进昏暗神秘的店铺，一些铺子里散发出水果和蔬菜的气味，有一些则飘出新鲜肉的膻腥气。

另一家铺子里有一股铁锈味，哈尔心中不由得动了一下，随即走了进去。他看到在他的周围全是夹和套，各种各样的夹和套，特别是那种他在死亡陷阱带上看到过的铁丝套子。

16 老码头

一个鼻子长长的阿拉伯人从暗处走了出来,他搓着双手说:

"你们对夹套感兴趣?"

"很感兴趣,"哈尔说,"你卖给偷猎者吧?不怕犯法吗?"

"法?"阿拉伯人放声大笑,"这个国家里的英国人已经走了,我们不再怕什么法了。你想做笔交易吗?"

"交易?什么交易?"

"偷猎交易,就像黑胡子那一种。"

"那么你认识黑胡子喽!"

"当然,他是我们最好的主顾,我们一次就卖给他上千个夹套。"

"多少钱一个?"

"嗯,一般的套子需要2.3米长的铁丝,价钱是10便士。"

"那1000个夹套可以逮到多少只野兽?"

"那要看季节。而且不同的猎手都会有不同的收获。好,以黑胡子为例——他估计,从1月到7月,每个夹套每月可以逮住4只野兽,1000个夹套,7个月总共可逮到28000只;在旱季,8月到10月,一个月只能逮到一只,总共3000只;迁徙季节,11月和12月,一个夹套一个月可以逮到10只,那就是20000只。一年累计下来共51000只。"

"好生意!"哈尔说。

"这个国家最好的生意。"阿拉伯人得意扬扬地说。

"野生动物喜欢这样吗?"

阿拉伯人吓了一跳:"你们不是那些动物保护主义者吧?"他的脸已经气得发紫了,"你们一直在套我的话,你们给我滚,不

16 老码头

然我就把你们扔出去!"

兄弟俩退了出来,继续在旧城区内游逛。哈尔又停下了:从一个门洞里飘出皮革的腐臭味,他不由得想起了偷猎营地里一堆堆的毛皮和动物脑袋。

进去之后,他发现那是一个很大的货栈,一眼还看不到头。在它的两边,堆放着狮子头、豹子头、猎豹头、长颈鹿头、野牛头、斑马头、角马头、犀牛头、大象头、河马头、羚羊头;还有成千上万的尾巴、象腿、象牙、犀牛角,多得数不清;各种猴子标本;各种各样的兽皮,从大象到婴猴①都有。

老板是个印度人,哈尔拿起一只带犄角的汤氏瞪羚的脑袋问他:

"多少钱?"

"多少个?"

"这一个。"

"对不起,不卖一个,不零售——我们只批发。"

"你的意思是按'打'算还是按'罗'算?"

印度人笑了,"不,不,我们不做这种小生意,我们的订单最起码都是 1000 只以上,实际上我们通常是按船计量的。昨天我们就装了 3 船,今天上午起航。"

"从哪儿起航?"

"老码头,这条街走到头就是。"

蒙巴萨的"老码头"紧靠着岛的东北角一处珊瑚峭壁之下,

---

① 婴猴:一种小型猿,绰号"丛林婴儿",因其叫声似婴儿哭而得名。——译者注

港内停满了高船尾的阿拉伯独桅三角帆船。那些准备起航的船很容易认得出来，它们的大三角帆已经高高扯起，在微风中悠闲地拍打着。当中有一艘最大的船，它的跳板旁站着一个黑黑的阿拉伯人，看他那模样就可断定是个十足的海盗。

"你是这艘船的船长吗？"哈尔问。

那人点点头。

哈尔羡慕地仰起头，看着鼓动的帆，并举起了相机："可以吗？"

那人又点点头。哈尔对着帆拍了一张照片。

"你们要到哪儿去？"

"孟买。"

"多漂亮的一艘船，"哈尔说，"要是在甲板上的话，这张帆可以拍得更威风一点。你介意吗？"

船长朝甲板挥挥手，哈尔和罗杰便上了船。哈尔又拍了两张照片，转过身来，看到船长就站在他的身旁。他给船长也照了一张，船长的脸上露出了笑容。

"能说英语吗？"哈尔问。

"说得非常好。"

"你们运些什么到孟买？"

哈尔并不指望得到一个老实的回答，但看来这个船长有恃无恐，什么便衣、侦探、海关官员，他都不在乎。

"我让你瞧瞧。"

他掀开盖舱油布的一角，让哈尔能看到舱内的东西：巨大的船舱里挤得水泄不通，全是兄弟俩在货栈里看到的东西。那张黝

16 老码头

黑的面孔得意得闪闪发光。

"很好,不是吗?"

"一共——有多少?"

船长掏出他的提货单,每一项的数字上面都有,而总计是 180000。

这仅仅是一天之内三艘船中的一艘,这些船全都塞满了象征着非洲数以万计的动物的死亡的战利品。

"我不明白,"队长听了哈尔关于审判的情况的报告后说,"为什么辛格对他们那么宽容,我真的不明白。也许,这一切都仅仅是因为他心肠太软——既不忍心看到动物受罪,也不忍心看到人受罪。这种事对他来说是不是既为难又痛苦?所以他才尽快打发掉算了。

"不管怎么样,你们还得再飞一次。这次要带上两位乘客,一只疣猴和一头俄卡皮鹿①。到动物医院来,我把你们二位介绍给它们。"

---

① 俄卡皮鹿:产于非洲中部的一种类似长颈鹿的动物。——译者注

17

3000 万岁的动物

动物医院里热闹非凡，各种各样的叫声充斥其间，有呼噜声、哼哼声、嘎嘎声、叽叽声，从小象到灰冕鹤的叫声都有。

"来见见非洲最漂亮的猴子吧，"克罗斯比说，"这就是疣猴。"

真是漂亮，黑的地方漆黑，白的部分雪白，背上密密的黑毛与身体两侧飘垂的白毛形成鲜明的对比，一张黑脸像是镶嵌在白色的框架之中。

"它这一身毛真是灿烂夺目。"哈尔说。

"是的，"队长说，"正是这身毛皮给它带来了杀身之祸。这种毛皮用来做女装外套，供不应求，价格很高。所以偷猎者千方百计捕杀还剩下的为数不多的疣猴。如果不采取行动来制止这种偷猎行为的话，这种世界上最漂亮的猴子将会像度度鸟①一样在地球上绝迹。"

罗杰看着它那一条不断摇来摇去的婆娑的长尾巴，不禁惊叹一声："好长的尾巴！一定比它的身子还长。"

"你说得不错，"克罗斯比说，"它的身子一般只有 0.8 米长，而尾巴达到 1 米。"

---

① 度度鸟：原来生活于毛里求斯一带，因人的滥捕而于 17 世纪绝迹。——译者注

17 3000万岁的动物

"你要我们送它上哪儿?"

"哪儿安全就送哪儿。我们如果在这儿把它放了,它很快又会被偷猎者抓到。它本来不应该是这个地方的动物,我不知道它怎么会到这儿来的。它们最喜欢生活在高海拔地区,而不是这儿。在阿贝尔迭尔山区还剩下一定数目的疣猴——它们习惯于待在高高的树上和气候凉爽的山上,而且,那种地方很安全。如果你们能把它送到阿贝尔迭尔山去,那就太好了。"

"行。它能上路了吗?"

"它的脖子被铁丝套子勒下了一道很深的口子,我们已经给它治了,我相信会好的。"

"把它关在飞机里,它喜不喜欢呀?"

"我不知道,这要看它是否信任你。看来你们俩对付动物都很有办法,所以我相信它会和你们相处得很好的。"

疣猴歪了一下它那黑白分明的脑袋,用一双温和的棕色大眼睛打量兄弟俩,接着它用手捋了捋下巴上的白胡子。

"没有拇指!"罗杰感到惊奇,"我还以为所有的猴子都有拇指呢!"

"几乎都有,就是疣猴例外。这是一种很聪明的猴子,但是由于没有拇指,所以许多别的猴子能干的事,它们却干不了。你们想到过拇指的重要性吗?试试不用拇指来抓起东西!没有拇指,用什么工具你都会感到不方便,人是幸运的动物,因为大自然给了人大拇指。人类的文明很大部分就是建立在拇指上的。好啦,到这一边来见见你们的另一位乘客。"

克罗斯比领着他俩来到一个笼子跟前,里面装的是一头只有骡子那么大的动物，但样子并不像骡子，也不像任何一种兄弟俩见过的动物。

克罗斯比说："现在你们正在观赏的是非洲最稀少的动物——俄卡皮鹿。"

"我一直都希望能得到这种动物，"哈尔说，"俄卡皮鹿在价目单上是10000美元一只。现在我知道了为什么它值那么多钱。"

这只鹿身上的每一厘米都不同于其他的部分，它身上的颜色就像是画家用所有的颜料涂抹而成：有黄色、红色、栗子色、黑色、白色、深蓝色、酱紫色、深棕色、奶油色、橘红色、紫红色，在它那张非常柔和而又光彩夺目的毛皮上，所有这些彩色完美地结合在一起。

它像是一个斑马和长颈鹿以及羚羊的混合体。它长着长颈鹿那样带短角的脑袋，后腿部分有着斑马的条纹，一双野狗的大耳，四蹄像是穿上了白色的长筒袜；当它吐出30厘米长的舌头来舔自己耳朵后边的地方时，它突然又像是食蚁兽。

"跟疣猴一样，它在这儿也是异乡客，"克罗斯比说，"它要继续留在这儿的话，一定要完蛋。它生活在刚果北部最深最隐蔽的丛林及其周围一带地方。60年前白人才知道世界上有这么一种动物。俾格米人见到过这种动物，对白人狩猎者说了，但没人相信。我在想，不知道丛林中还藏有多少我们根本不知道的动物。俄卡皮鹿非常胆怯易惊，它从不走出丛林来炫耀自己，它已经在丛林中藏了3000万年了。"

罗杰皱起眉头："你刚才说3000万年？"

"据博物学家现在所知道的，这种动物的确已存在那么长的

17 3000 万岁的动物

时间了。俄卡皮鹿被称为活化石,大部分动物都不是原来的样子了,变大或变小,或者绝迹了,而俄卡皮鹿一直保持原样。但现在偷猎者已经在追寻它,这位 3000 万岁的美人可能会消亡。"

"我们送它到什么地方才安全呢?"

"没有什么地方对它来说是安全的。"克罗斯比沮丧地说,"不过,有一个地方,目前偷猎者们还不知道,就是维多利亚湖上的一个大岛,叫卢本多岛,上面有 220 平方千米茂密的森林——正是俄卡皮鹿喜欢的那种茂密的森林。该岛已经被划作野生动物保护区,而且它四周有多风暴的湖面保护,偷猎者要上岛很容易被淹死。你们去的话,也有这种危险。岛上没有机场,所以你们得在大陆降落,然后再租一艘船或木筏渡过去。也许,你们还是不去为好。"

"听起来还不算太坏,"哈尔说,"我想,渡过去不过个把小时吧!"

克罗斯比微微一笑,"不止。维多利亚湖是世界第二大淡水湖,如果坐船渡过去,要花 15 个小时,而且这当中你们若不遇上 5 次以上的风暴的话,我就会大吃一惊了!我不能要求你们去冒这个险——由你们自己决定。"

"去!"哈尔说,"如果你告诉我们该如何去的话。"

他们回到办公室,克罗斯比摊开了东非地图。

18

树梢旅馆

"这儿是阿贝尔迭尔山,内罗毕北面。你们在尼亚里降落,然后到树梢旅馆去,听说过树梢上的房子吗?"

"当然听说过,一家建在一棵南非栗子树顶部的旅馆。"

"那里的大多数树木都是树中巨人,疣猴一定会喜欢的。你们在树梢旅馆过夜,第二天一早飞往西南方480千米外的姆万扎,正在维多利亚湖边上。就在这儿,对面就是卢本多岛,从姆万扎横渡过去有160千米。"

"什么时候出发?"

"如果你们愿意现在出发的话,天黑之前还可以赶到树梢旅馆。"

"我们走吧!"罗杰说。

两位动物乘客没有罗杰那么热情。飞机后部的两个位子已经拆除,给两位贵客腾出地方。俄卡皮鹿被装在一个竹子扎成的密实的笼子里,用汽车运到飞机旁,5个人才把它抬上飞机。

罗杰说:"对这架飞机来说,它是不是太重了?"

"不会,"队长说,"那是280马力的引擎,载重量达两吨半,这只俄卡皮鹿还不到1/4吨。"

俄卡皮鹿3000万年来没坐过飞机,它发出阵阵嘶鸣声,就像一匹受惊的马的叫声,还用头撞击竹笼,幸好笼是竹子扎

18 树梢旅馆

的,一撞就弯,它也不会受伤。

克罗斯比砍来一根有很多树叶的树枝,搁在笼顶上。树叶从夹缝中垂到笼内,俄卡皮鹿立刻伸出它那30厘米长的舌头卷食起来。只要有它喜欢吃的东西,它对这个奇怪的环境还是可以忍耐的。

举止斯文的疣猴用不着装笼,罗杰抱着它上了飞机。作为一种聪明的动物,猴子天性好奇,它上了飞机就仔细地注视着那些仪表。后来,它爬上罗杰的肩头,又跳上俄卡皮鹿的笼子。它蹲在笼上仔细地打量机舱里的每一寸地方。发动机一响,它立刻蹿回到罗杰的腿上,当飞机飞离地面、掠过树梢的时候,它着急地四处乱瞅。

哈尔沿着西北向的红土路飞往内罗毕,然后转向北朝白雪皑皑的海拔5100米的肯尼亚峰飞去。由于顺风,这段480千米的航程,两小时就飞完了。飞机降落在阿贝尔迭尔森林旁边一个虽然小但很开阔的机场上。要在这儿的奥特斯班旅馆办理进入动物保护区以及在树梢旅馆过夜的手续。

一下飞机他们就受到旅馆工作人员的热烈欢迎,他自我介绍说:"就叫我杰弗雷吧!"

俄卡皮鹿留在飞机上,给它砍来了很多树枝,足够它当晚和第二天早上吃的。

"它待在这儿会很好的,我们有人照管它。行了,上车吧,我们得出发了。"

吉普车在林中泥泞的小路上爬行。罗杰手中抱着疣猴。道路蜿蜒曲折,最后终于来到这条路的尽头,在一个四周古木参天的地方，车停下了。

"现在我们得步行400米，才能到达树梢旅馆。"杰弗雷说。

他们沿着参天大树之间的一条狭窄小道往前走，疣猴越来越激动，这些大树是它理想的安身之所。经过肯尼亚峰的积雪冷却的空气，对一只穿着又厚又暖的皮袍的动物来说，无疑是再适合不过了。

罗杰看到一棵树上钉着一把梯子。顺着小路往前走，又见一棵有梯子的树，又一棵。他很奇怪，就问杰弗雷："那些梯子是干什么用的？"

"你们立刻就会知道，"杰弗雷说，"快！上梯子！"

"干什么？"

"没时间说了，快上！"

罗杰立刻爬上梯子，疣猴趴在他的肩上。紧跟着他的是哈尔，最后是杰弗雷。树林里传出阵阵轰隆轰隆的声音，5头怒吼着的大象从幽暗处冲了出来。

"再往上！"杰弗雷喊道。

罗杰已经到了梯子的顶部，大象的长鼻子几乎还可以够得着杰弗雷的脚。

"现在你该知道这些梯子是干什么用的了吧！"杰弗雷说，"我本来应该先对你们说明的——这是走这条路的规矩。碰上犀牛或野牛爬25米高，碰上大象要爬55米高。"

"它们真的那么凶吗？"

"犀牛和河马真有那么凶，大象就说不准了，它也可能是跟你闹着玩——也许，它来真格的。如果它被偷猎者杀伤了的话，

18 树梢旅馆

无论见到谁它都要进行报复。"

"我们现在怎么办?"

"等着。"

"等多久?"

"可能5分钟,也可能5个小时,你不可能催促一头大象,它想走的时候,它就会走。"

罗杰心想,老在这个地方待着,太不舒服,攀在梯子上,身上还背着一只沉重的猴子。

大象在下边不慌不忙地撕扯着树叶、树丛、树枝、树根,什么都扯。隔一会儿还抬起头看看,看看那几个人是否还在上边。

猴子有点坐立不安,它不断仰起头朝上望,慢慢地罗杰也发现了,上面有东西。一开始他什么也看不到,只看到树梢上的树叶有些轻微的抖动。不一会儿他就看到了一张朝下窥视的面孔,一张一个白圆圈中间围着一片黑的面孔,是一只疣猴。其他的疣猴也露出脸来了,它们叽叽喳喳地,像是在向罗杰的那一只发出邀请。

"我放了它吧?"罗杰问杰弗雷。

"这是再合适不过的地方了,"杰弗雷说,"疣猴是一种非常友善的动物,我相信它们会热烈欢迎你的朋友的。"

罗杰对这位温文尔雅的朋友感到恋恋不舍,但他知道,它回到它的同类中去会生活得更好。他用一只手抓住梯子,另一只手把疣猴托向他头顶上一根树枝。猴子久久地坐在树枝上,思绪重重地看着罗杰,最后才攀过一根根的树枝爬上树梢,到了欢迎它的同伴之中。树梢上立刻又爆发出一阵高兴的叽叽喳喳声,毫无疑问，这位新客人已经被接纳为阿贝尔迭尔领地的正式成员了。

"别难过啦！"杰弗雷说，"你还可能再见到它。每天傍晚，这些猴子都要到树梢旅馆前边的湖边喝水。"

5头大象已经逛走。他们继续朝树梢旅馆前进，现在已经可以从树木之间看到它了。真是一幅奇妙的景象：一个悬在半空中的旅馆。它建在一棵大树顶部的树枝上，离地面有15米高，随着大树在风中摇晃，它也一前一后地摆动。一副蜘蛛网般的木头梯子从门口通向地面。它像一幢六层的楼房，只是少了下面的五层；又像是什么破坏力摧毁了这幢楼房15米以下的部分，而把最上面的一层漏过了；它像是飘忽在半空之中，地球的引力对它不起作用。在它的正前方，是一个林木环绕的小湖。兄弟俩过去已经多次听说过这个很有名气的地方，他们听说，每到晚上，各种动物就从森林里来到湖边喝水，或在稀泥中找盐吃，人们可以从树梢旅馆的阳台上观看它们。只要你不弄出响声，它们不会知道你在哪儿。

很多名人曾光顾过这家小小的空中旅馆。

"我知道，伊丽莎白女王曾驾临过这儿。"罗杰说。

"对——不过，她来的时候是伊丽莎白公主，就在当天晚上，她得到她父王驾崩的消息，她也就因此而成了女王。"

"菲利普亲王来过吗？"

"来过好几次。他无疑是保护非洲野生动物运动中最强有力的人物。来吧，要上去了。"

他们朝蜘蛛网状的楼梯走去，兄弟俩惊讶地发现，梯子下面的3.5米是空的，或者说，那些阶梯被收到了一个够不着的高

18 树梢旅馆

度。杰弗雷按了一个按钮,那一段梯子被放了下来。他们上完这一段之后,他按另一个按钮,那一段梯子又被收了上去,就像一艘即将起锚的船收起它的升降梯一样。

"为什么要这样?"罗杰问道。

"如果不收起来的话,有可能被大动物捣毁,小动物也可能会爬上来,所以我们把它升到动物够不着的地方。"

哈尔说:"很有点像城堡的吊桥。"

他们爬完梯子,进入了这个云中城堡。杰弗雷向他们介绍了经理,然后给他们安排房间。

要是跟其他旅馆相比的话,这个旅馆真是太小了,只能住12个人——但是,作为一所建在树梢上的房子,它的规模足以让人大吃一惊。它与树一道随风摆动,哪一位房客步子重一点的话,整个旅馆都会抖动。

兄弟俩的房间外面就是一个阳台,从阳台上他们可俯瞰小湖的湖滨。有一道楼梯直通房顶,站在房顶,四周的景物一览无遗。

19

悄悄话之家

这家旅馆是个悄悄话之家,它的告示牌上写着:"任何响动都会惊扰动物"。旅馆的工作人员悄悄地说话,客人们悄悄地说话,侍者们悄悄地说话。所有的人都得换上胶底鞋,这是规矩,如果你没有的话,可在旅馆里买一双网球鞋。

"我有一点还不明白,"哈尔对杰弗雷说,"即使动物听不到,但它们肯定可以嗅到有人在附近,我们离它们也不过15米远。"

"如果我们与它们处于同一高度的话,那它们肯定可以闻到我们的气味——甚至1600米以外,它们都可以闻得到。但在这儿,在它们头顶上方15米的地方,气流会把我们的气味带往高处,它们不会知道有人在这儿——除非我们弄出响动。这儿不适合住患感冒的客人,因为一声咳嗽就会把所有的动物吓回森林里去。不过它们还会回来,它们爱这个地方,湖畔的泥土里有时会有很多的盐,所有的动物都需要盐——除了食肉动物之外,食肉动物可以从其他动物的肉中得到盐。"

大家在饭厅的大长条桌子上吃了一顿丰盛的晚餐。饭后,12个客人都静悄悄地溜到外边的阳台上坐好,准备观赏下面的壮观场面。所有的人都穿上了厚厚的衣服,有的还从床上扯下毯子裹在身上。因为,在海拔2100米的高度上,虽然树梢旅馆地处赤道,晚上依然是寒气逼人。

19 悄悄话之家

夜幕已经降临，景物变得模糊。突然，一盏泛光灯照亮了整个湖畔地区。下面已经有了两只南非野猪、一只疣猪、一只仪表堂堂的大羚羊。它们抬起头，望望灯光，也许是感到惊讶：晚上这个时候怎么还会出太阳？它们看不见上面的阳台和游客，整个旅馆完全处于黑暗之中，所以它们并不惊慌，仍继续在泥土中找盐吃。

4头犀牛出场了，它们贪婪地啜吸着有盐的稀泥。当它们发现谁找到了好地方，便都一齐挤过去，免不了要发生一场争斗，互相推挤，愤怒地吼叫，还发出一阵阵的嘘嘘声，就像打鼾的声音。它们的小耳朵不停地转动，好像雷达的天线，在搜寻着可疑的信号。只要我们这些客人中传出一声轻轻的咳嗽，它们就会跑回森林中去。不过，一会儿它们还会回来，也许，是别的与它们一模一样的犀牛，像火车头一样呼哧呼哧地喷着气，你追我赶地跑回湖边。它们也会像马那样喷响鼻，不过那响鼻的功率是"犀牛力"而不是"马力"。

接下来出场的是慢吞吞的大象。这些庞然大物先下到湖里，甩着长鼻子喷水冲洗身上的尘土，然后才上岸找盐。它们用灵巧的长鼻子从犀牛踩下的深深的蹄坑中吸起盐水，甩进口中。它们不时地眯着眼打量那盏泛光灯，可能以为那是月亮，或以为是忘了落山的太阳。

大象与那些怒气冲冲的犀牛不一样。它们互不干扰，而且，如果有小象把自己的鼻子伸到一头成年象占用的坑里，成年象会慈爱地让开，让小家伙享用它找到的坑。

5头长毛蓬松的野牛登场了。它们的一举一动都表现出与犀

19 悄悄话之家

牛一样的暴躁,所以不一会儿湖边就成了战场:犀牛角抗击着更尖更硬的野牛角,夜空中回响着它们愤怒的呼噜声和得意的嘶叫声。

大象讨厌这种吵吵嚷嚷,它们一齐发出阵阵凄厉的警告,那些行为不轨的家伙们都吓得窜回了树林。

一只长颈鹿来了。它为了能喝着水,不得不四蹄分开,趴在地上;湖的四周围满了体态优美的各种羚羊:黑斑羚、汤氏瞪羚、格氏瞪羚、条纹羚羊、大羚羊、山羚羊,这些优雅的动物都小心翼翼地避开那些庞然大物们。

"瞧,它们来了!"罗杰悄悄地说。

兄弟俩一直热心地盼望着的客人,那些疣猴,从森林的黑暗处来到了灯光下。多么可爱的小家伙:面庞围着一圈白色,绸缎般光滑的皮毛,漂亮的白尾巴,难怪那些时髦的太太们那么喜欢它们。也正因为如此,它们才以每月1000只的速度被捕杀。

罗杰睁大了双眼:他的朋友来了吗?他向杰弗雷借了一副望远镜。呵,来了,就是它,错不了,从脖子上那圈被铁丝勒出来的伤痕就可以认出来。

原先一直待在他的怀抱中的忠实的朋友,现在在新伙伴当中,似乎也很快活。罗杰心里不禁泛起一丝嫉妒,但他立刻感到羞愧。这只漂亮的小东西是可以喂养成一只可爱的宠物的,但它现在回到了应该属于它的地方,与自己的同类在一起,回到了它所喜欢的大树上。

兄弟俩一直看到半夜才回房睡觉。

第二天早餐的时候,哈尔对杰弗雷说:"在这小湖边建这么一幢树顶上的房子,真是个好主意。"

杰弗雷说:"只有具有非凡想象力的人才会想出这么个主意。你要知道,这是位女士的主意呢!早在这里成为国家公园以前,一位贝蒂·沃尔克夫人就与朋友一起来过这里。她读过《瑞士的鲁滨逊一家》,你还记得书中所描写的树上的房子吗?这启发她想出了在树顶盖房子的主意,她的朋友还说她是异想天开呢!"

"不管是不是异想天开,反正是了不起。我真不想离开这儿,可又不得不走。今天还够我们忙的。"

他们回到飞机上,好耐性的俄卡皮鹿在吃它的树叶早餐。要飞到维多利亚湖南岸的姆万扎,必须飞越狮子之国①的塞伦葛提大平原,这段航程飞了两个小时。

在姆万扎,哈尔租用了唯一的一艘可租用的船,它不过是一个上面装了个引擎的木筏而已,就要靠它,走完15个小时的航程到达卢本多岛。

克罗斯比队长说在15个小时的航程中起码要遇上5场风暴。他的预言被证实是错的,只遇上了一场风暴——不过这场风暴持续了15个小时。

强劲的北风刮过400千米宽的湖面,巨大的波浪冲打着木筏,兄弟俩和俄卡皮鹿都浸泡在水里。他们不会忘记,地球上所有的淡水湖中,维多利亚湖仅次于苏必利尔湖②,它真不愧以一位英国君主的伟名来命名,它显示了作为尼罗河源头的伟大

---

① 狮子之国:指坦桑尼亚。——译者注
② 苏必利尔湖:位于美国与加拿大交界处,为世界第一大淡水湖。——译者注

19 悄悄话之家

气魄。

俄卡皮鹿过去肯定从没经历过这样的旅行,它不断地呜呜叫,以表示它的不满。木筏一直在摇晃,俄卡皮鹿晕船了,把吃的树叶都呕了出来。装它的竹笼本来是牢牢地固定在木筏的圆木上,但风浪似乎随时都有可能将笼子扯走。

水面下到处是暗礁,木筏经常撞到沙洲上停下。有时,靠引擎倒车就可以把它倒出来;但有时光靠引擎还不行,兄弟俩还得跳下水去推。如果这时打来一个 2 米高的浪头,人就要完全淹没在水里。这一切只不过是这次惊险航程的一小部分呢,你还得小心提防湖中大量的鳄鱼和河马。

有好几次,鳄鱼的尾巴甩得啪啪响,拼命往木筏上爬。河马不喜欢刮风起浪的湖面,它们纷纷躲到小岛附近的背风处。它们虽不是食肉动物,宁愿吃水草而不吃人肉,但它们也很危险,有一次一头河马刚好从木筏下面钻了出来,把木筏顶离水面 1 米高,又斜着落了下来。河马的这次行动仅仅是为了开心玩玩呢,还是不怀好意?两位航海家也没敢停下来问问河马,他们只能为木筏没有翻个底朝天落下来而感到庆幸。

如果说白天一天碰到的仅仅是麻烦的话,那么到了夜幕降临发狂的湖面的时候,麻烦就变成了噩梦。远处的灯光标志着那就是卢本多岛,但灯光一会儿就会完全消失在雨和水汽之中,这时只能靠猜测来驾驶;过了一会儿,灯光又显露出来了,但已经不在原来的位置上,不是在 400 米远的这一侧就在那一侧,只好又转头对正方向。

最后,两个筋疲力尽的水手总算让木筏靠近了一个比较平静的港湾，他们听到码头上传来了欢迎的喊声。

这儿的守备队队长，自我介绍叫"托尼"，帮着把竹笼搬上岸后问道："里面装的是什么动物？"

"俄卡皮鹿。"

"好极了！雄的还是雌的？"

可爱的问题！难道这也有什么要紧的吗？

哈尔说："雄的。"

"太好啦。我们岛上有一只俄卡皮鹿，雌的。现在我们有可能让它们繁殖了，极为稀少的动物啊！你们放心吧，我们会细心地照料它的。等等，我去取条毛巾。"

毛巾取来了，但不是给冻得发抖的兄弟俩用的，而是给宝贝俄卡皮鹿擦身用的。他们小心地打开笼子，把俄卡皮鹿拉到码头上，托尼用毛巾轻快地擦着它的全身，这样能促进它的血液循环。最后，他说："行了，它不会有问题了。"

"我们是否该喂它了？"哈尔问。

"没必要，在这个树林里，它用不着走5米远就可以找到吃的，喝水嘛，有一大湖水呢！"

"那，我们就这样放掉它啦？"罗杰每失掉一只动物，心里总觉得很难过。

"这对它来说再好不过了，让它自己去吧！它在这儿会很安全的，这个岛上没有它的敌人——没有狮子，没有豹子，也没有偷猎者。岛上有很多犀牛，也是为了保护它们而送到这里来的。但犀牛不会去碰你们的俄卡皮鹿。这个地方真可算得上是俄卡皮鹿的乐园了。"

19 悄悄话之家

这只俄卡皮鹿已经迫不及待地迈开四蹄走进了它的乐园。

哈尔心里不禁一阵遗憾,一万美元就这样跑了。他和罗杰被派到非洲来就是为父亲捕捉各种动物,卖给动物园的。把这只俄卡皮鹿放掉似乎很可惜,但哈尔也知道,几乎没有俄卡皮鹿能熬过从非洲到美国的航程。眼下最重要的事不是为父亲捕一两只动物,而是要尽一切可能制止东非这种滥杀成千上万动物的偷猎行为。从长远来说,这样做对他们家的动物生意也是有利的。

"行啦,"托尼说,"到我的小屋来吧,该你们擦干身子了——你们一定饿坏了。"

20

人类兴旺　动物消亡

兄弟俩擦干身子，吃过饭，上床的时候，已经是半夜了。

不到两分钟罗杰就进入了梦乡；哈尔醒着躺了一会儿，他在为明天的回程担心——15小时横渡暴风骤雨的湖面，然后飞行两个小时，天黑以前不可能到察沃，天黑之后是不可能在那条狭窄的跑道上降落的。后来他睡着了，直到第二天早上听到煎咸肉鸡蛋的咝咝响声，闻到了香味儿才醒了。托尼跑来报告他一个好消息。

"我用我们的摩托艇送你们回姆万扎，这样就不需要15个小时，7小时就到了。以后，队员们会把木筏送过去。但有一个条件。"

"什么条件？"

"我搭你们的飞机到察沃，我有些事要与克罗斯比商量一下——就是关于4头犀牛要送到卢本多岛的事。"

与昨天乘木筏那难受而危险的航行相比，今天乘摩托艇返回姆万扎的的确确是件快活的事。下午3点钟他们就已经在飞机上，正飞越神秘的塞伦葛提大平原。

"看见下面那条深沟了吗？像科罗拉多大峡谷，到它上面时飞低点。"

哈尔降下高度，他竭力回忆他曾听到过的有关这条峡谷

20 人类兴旺 动物消亡

的事。

"这是奥尔德威大峡谷吧?"

托尼惊讶地转身望着他,"那么,你一定听说过利基博士[①]啦。要幸运的话,我们可能会看到他和他的助手们在工作。"

哈尔沿着迂回曲折的峡谷向前飞,突然就在他们的下面,出现了一群人,他们在峡谷的底部挖掘着什么。听到飞机的轰鸣声,他们抬头望着飞机,朝飞机挥手,托尼也朝下面挥手。他们急速地朝后面退去,仅仅是那么短暂的一刹那,但是哈尔将会永远记住这一刹那,因为就这一瞥,便把哈尔的思绪带到了200万年以前。

罗杰从来没听说过奥尔德威峡谷,所以他对所见的一切无动于衷。他问道:"下面那些洞有什么神奇的?"

托尼给他解释说:"这位考古学家是利基博士,他在那儿已经挖了好多年了,发现了200万年前的人类骨头的化石,这是世界上所发现的最古老的人类的骨头。"

"他们怎么能断定是200万年前的呢?"

"用一种化学试验的方法,也许你们听说过了,就是碳14测定法。这种测定法已经被使用了很长的时间——唯一的麻烦是,超过5万年历史的东西它就测不出来。现在有一种新方法,叫钾氩测试法,用这种方法可以测定几百万年前的年代。"

"那位200万年前的先生与今天的人长得一样吗?"

[①] 利基博士:英国著名的人类学家和考古学家,在奥尔德威大峡谷发掘出200万年前的人类化石。——译者注

"从外观说，一样。利基博士已经发现了 16 个男人的化石，它们与现代人的骨头很像。也有一些不同，这些人大约有 1.2 米高，拇指和其他手指捡东西拿东西还不像我们今天的手指那么方便。但他们已经会使用工具——已经发现了他们使用过的一些石器。他们的体重是现代人体重的一半——只有 34 千克，而不是 68 千克；他们的脑子只有 0.45 千克重，现代人脑的重量达 1.4 千克。所以，你瞧，这 200 万年来，人类还是有了一点儿进步。"

哈尔说："使我感到不寻常的是，人类竟然延续了那么长的时间。想想这 200 万年间有多少种动物灭绝了——柱牙象、雷龙、梁龙、度度鸟、南非斑驴，还有其他成百上千种，都消失了，而我们仍然快活地存在——不但存在，还飞速地成倍增长。"

"增长太快了，"托尼说，"我们增长得越快，现今还残存的动物就会更快地被赶出地球。我们似乎认为自己拥有一切，我们的动物伙伴们呢？难道它们就没有权利存在吗？"

他们飞越了世界上最大的火山口之一——名字也是最奇怪的，恩戈罗恩戈罗火山口。火山早已停止喷发，火山口壁高高矗立，像一堵高墙，超出火山口底部 750 米。整个火山口底部草木葱茏，大约 400 平方千米的面积上有树林和草地，大小湖泊星罗棋布，还有一群群的动物。

罗杰说："这儿可是生机勃勃呢！"

"对，都是些什么动物？降低一点儿看看。"

飞低之后，他们可以看到有几十头狮子、大象、犀牛，但占据大部分地面的是成千上万头牛——马萨伊人放牧的牛群。

"这块野生动物的乐土也就快完蛋了。"托尼说，"原先，这儿是专门留给野生动物的,现在马萨伊人以及他们的牛群侵入了这块地方,把野生动物挤出去了。马萨伊人没有必要养那么多牛,他们以拥有的牛群多为荣,以此炫耀。这样的事儿也降临到了国家公园,即使在察沃也是如此。一群群疲惫的、骨瘦如柴的、毫不值钱的牛正把野生动物赶出本来属于它们的地方。"

火山口留在了后面,前方出现了一个奇怪的粉红色的湖——马尼亚拉湖。它的水面上栖息着数百万只粉红色的火烈鸟,使得湖面呈现出一片粉红色。

"起码,这个湖还不至于受到牛群的侵犯。"哈尔说。

"是的,但火烈鸟也面临着各种各样的问题。这个湖里的水已经变得很咸,而盐会使火烈鸟的腿骨变硬,同时,还在鸟腿上结成10厘米大的疙瘩,鸟既走不了也飞不动。成千上万只鸟就这样活活饿死。"

"采取什么措施没有?"

"已经做了些事,看到那些跋涉于火烈鸟之中的年轻的非洲人了吗?他们是受训练后来拯救火烈鸟的,他们用锤子敲碎鸟腿上的盐疙瘩,让鸟重新飞起来。"

"那么,年青一代的非洲人已经关心这些事了?"

"是的,我真希望他们的父母也这样关心就好了。"

一股强烈的冷空气向飞机袭来,原来他们已经飞过了乞力马扎罗峰。不久,哈尔就熟练地把飞机降落在察沃的简易机场上。

他们在书桌旁找到了马克·克罗斯比队长。托尼和克罗斯比这两位英国人高兴地互相问候。

"看到英国总还算有那么一小点儿东西在肯尼亚,真令人高兴。"托尼说,"我原以为这个时候,这张书桌后面坐着的是一位非洲人呢!"

克罗斯比笑笑说:"这事总有一天会到来的。既然这个国家已经有了自己的政府,像你我这样的官方职位迟早总要让非洲人来干的。"

"你准备待到那个时候吗?还是现在就辞职?"

"我准备待下去,有两个原因:一个是目前还没有哪位非洲人受过这种训练来接替我的工作;另一个是我自己的原因,我宁愿在这儿碰碰运气,而不愿意回英国去。我回英国能干些什么呢?我不可能找到工作。人家问我:'你有些什么经历呀?'我说:'我当过动物公园守备队队长。'这在英国有什么用?"

哈尔想,这两个显得很疲劳的男子汉,他们的前途渺茫,他们的一生都献给了保护非洲野生动物的事业,他们所做的一切努力难道都将付之东流吗?对一个非洲国家的政府来说,把重要的岗位交由非洲人负责,这是顺理成章的事情。但他们也会这样关心野生动物吗?国家公园将要被分成一块一块的,为解决飞速增长的人口问题而开发为农场。人与动物之间难道就没有一条和平共存的道路吗?

"算了,"托尼说,"我们不能光对着将来犯傻,我们现在能做的是:尽力而为。我知道你有4头犀牛要运往卢本多岛,这事交给我吧。我需要4个木笼,每个装一头,还要两辆卡车,从陆路运往姆万扎。到岛上那一段水路,我已经租好了一艘汽车渡轮。"

两位队长继续讨论转运犀牛的事,哈尔和罗杰回到了自己的

20 人类兴旺 动物消亡

小房,他们发现门缝下面有一张条子。哈尔打开条子大声读着上面的话:

美国小子,滚回去,这是给你们的第一次警告。再次警告将以你们的血来写成。

Bb①

"这个家伙在玩贼喊捉贼的把戏。"罗杰轻蔑地说。

哈尔可不小看这件事:"我认为,他是说得到做得到的。你知道是谁写的吧?"

罗杰仔细地看了签名,Bb,说道:"可以猜得出来是'黑胡子'。"

"对。别忘了这个恐吓。那是个什么事都做得出来的家伙,甚至杀人。他要保住他这一项可赚百万美元的生意。"

"那你认为我们该回家了?"罗杰故意问。

"不,不除掉黑胡子不回家。你还记得我们在飞机上看到的那条8千米长的陷阱带吗?明天我们上那儿去。"

"那有什么用?我们抓到一批匪徒,送上法庭,而法官把他们都给放了。"

"这一次要设法抓住黑胡子,而不仅是他的喽啰。但也得给他们一个突然袭击——使他们意想不到。也许,这样一来,他们要再想偷猎就得好好考虑考虑了。"

---

① Bb:"黑胡子"(英文 Black beard)的缩写。——译者注

21

催泪弹

哈尔向克罗斯比报告了放归疣猴和俄卡皮鹿的经过之后,说道:"我们今晚想早点睡。"

"好的,"克罗斯比说,"这一趟辛苦了,谢谢你们做了件好事。"

"明天早上我们想到一条陷阱带去,那是在飞机上发现的。我们要再试试,抓住黑胡子。"

"很好,但遗憾的是我不能跟你们一块去。祝你们成功。"

他们已经上了床,听到有一辆汽车开来营地。第二天黎明,还没起床,又听到汽车开走的声音。这次汽车的来去,他们是事后才想起来的。

吃过早饭,兄弟俩率领他们的狩猎队坐着吉普车、越野车出发了。在离陷阱带还有 1.5 千米的地方,哈尔叫车队停下,对队员们做了最后的部署:

"在供应车上你们可以找到催泪弹,每人拿一枚。"而后他向队员们详细地说明了这次偷袭的计划。

车队颠簸着继续前进,来到陷阱带。他们还像上次那样,在陷阱带的前方停下,而且故意乱按喇叭,目的是想引偷猎者出来。匪徒们从陷阱带的各个缺口中钻出来的时候,哈尔则带了十几名队员从树林中迂回到偷猎营地的后方。如果黑胡子还像上次

21 催泪弹

那样的话,他就会躲在后边不露面。一旦他的人被打败,他必然从后面溜跑。但这一回,他会发现中了埋伏。

陷阱带的前边,毒箭纷飞,狩猎队队员们躲在汽车的后面,不予还击。匪徒们越来越大胆,对手似乎不敢还击,他们口中一边辱骂着狩猎队队员,一边朝前挪。队员们望着罗杰,等着他的信号。

当偷猎者来到约15米远的时候,罗杰扔出了他手中的催泪弹。顷刻间,一枚枚催泪弹飞向匪徒之中,有的碰在石头上,有的砸在硬地上,都炸开了。不过几秒钟的时间,匪徒们就被淡黄色的毒气吞没了,又噎又呛,泪流满面。几乎透不过气来的匪徒们像没头的苍蝇乱窜,你撞我,我碰他,乱成一团。有的趴在地上,扭着身子,把头埋到草丛里;有的摇摇晃晃朝营地退去。再也看不到纷飞的毒箭了。

与此同时,哈尔领着十几名队员从小茅棚之间冲了出来,立刻冲向陷阱带的各个缺口,搜寻黑胡子。可是到处都看不见他的影子,也找不到他穿靴子的脚印。搜索了半个小时,仍然毫无结果。

这时,有的匪徒已经可以站起来了,但仍然泪眼昏花,看不见东西。他们已毫无还手之力,只能束手待擒。他们等着被装上汽车,然后转送到蒙巴萨。他们以为还会像上次那样,到蒙巴萨的监狱里去休息几天又会放出来。这一回他们错了。

哈尔对佐罗说:"告诉他们,叫他们回家去,待在家里。跟他们说,下次要抓到他们偷猎,就要受到更严厉的惩罚。"

陷阱里还活着的动物立刻都被放了,有的得送医院,死了的只能留给鬣狗和豺了。铁丝套子及其他战利品都收集到一块。战利品当中有的很值钱,有的很古怪。

古怪的东西中有用大象尾巴上的毛编成的手镯;有豹子的胡子,这是准备卖给非洲当地的巫医的。这硬硬的豹子胡须要是混在某种饮料中,让人喝下去,就会把胃壁刺穿,要人的命。

那些茅棚及8千米长的刺篱笆被一把火烧个精光。

回到营地,哈尔向克罗斯比报告了这次不成功的行动。黑胡子又没抓到。

"没关系,"队长说,"你们捣毁了陷阱,抓了他的喽啰,这就是很大的功绩。至于黑胡子,你们总会抓到他的。顺便告诉你们,辛格法官也祝你们好运气。"

"他来过这儿吗?"

"昨天晚上你们已经睡了,他驾车来到这儿;今天一大早他就走了——他说他还有很重要的事。"

"你对他说起我们今天早上要上哪儿吗?"

"当然。他一向对这一类行动感兴趣,他对你们出色的工作感到高兴。"

哈尔吞吞吐吐地说道:"队长,我本不想说这个话,因为法官是你的朋友——但我开始怀疑,他是否真正支持我们,还是在反对我们。"

这话让队长吓了一跳,他瞪着眼瞧着哈尔:"他一直是反偷猎运动的主要支持者之一,你竟这样说他,我感到很奇怪。当然,他是我个人的朋友,你们记得,他救过我的命;他也是野生动物的朋友,他一直在为反对偷猎而大声疾呼。"

21 催泪弹

"他只说说而已呢,还是做了什么实际的事情?"

"他当然做了实际的事情。"

克罗斯比拉开写字台的一个抽屉,从里面抽出一张支票,摊开在哈尔面前,"这是法官昨晚给我的,我将上缴给野生动物协会。"

这是张 200 英镑的支票,开给野生动物协会的,上面有辛达·辛格的签名。

"你们瞧,"克罗斯比说,"他不仅是说说而已,在这个国家,法官的薪水很少,200 英镑对他来说意味着很大的牺牲。呃,你们现在还怀疑他的好意吗?"

"对不起,"哈尔说,"也许是我错了。"

"我敢肯定,你是错了!"克罗斯比的口气有点严厉。

哈尔回到小房,把他与克罗斯比的谈话告诉了罗杰,"他把我弄得下不了台,也许是我们搞错了。"

罗杰可没那么容易动摇:"我仍然认为他是个骗子。"

"那你如何解释那张支票?"

"非常简单,如果他参与了偷猎勾当,他就不是靠法官那点儿薪水生活,他的非法收入会是数以百万计。对他来说,200 英镑算得了什么!他是想用这 200 英镑蒙住队长的眼睛,让野生动物协会以为他是支持他们的。我仍然认为,他是黑胡子的搭档。"

"你这样认为,我也这样想,但我们说服不了队长。还是算了吧,如果我们再坚持,只能引起队长对我们的反感。毕竟我们没有真凭实据。"

"我想,我们目前是什么也证实不了。"罗杰承认这一点,但他说,"我们一定会得到证据,已经出了一次箭毒那样的怪事,如果不是你制止的话,队长早就没命了。还有,法庭上那些可笑的判决;还有署名 Bb 的恐吓信,你说那是怎样塞到我们房间去的!我敢打赌,就是那个冒牌法官辛格,从黑胡子那儿拿来之后塞到我们房间里的。"

哈尔点点头说:"可能。而且,今天在偷猎营地没找到黑胡子,为什么?可能也是有人通知了他。队长昨晚把我们的行动告诉了法官。可能他在黑胡子那里停留过,给黑胡子通风报信。"哈尔烦躁地用手摸摸额头,说:"但这一切都是'可能',我们必须拿到实实在在的证据才行。"

"嗯,在这儿坐着是拿不到的,走吧!"

22

屠 杀

他们在空中曾两次发现偷猎营地,值得再试试。

他们驾着小飞机越过小山,掠过谷地,用望远镜扫视着地面。他们寻找陷阱带,只要找到陷阱带,就能找到偷猎者,而陷阱带是比较容易发现的。

但就是看不到陷阱带,也没有小茅棚组成的偷猎营地,没有手持长矛和弓箭的人。飞了一千米又一千米,没有一点人的踪迹。

"也许我们已经把他们吓跑了。"罗杰说。

"没那么好的事儿,也许他们就藏在树林里。"

"飞到那边那个水塘去看看。"

水塘里挤满了动物——大象、犀牛、斑马,什么都有,就是没有偷猎者。

突然,一股巨大的水柱和烟雾冲天而起,这使他们想起了"老准时"①。爆炸使得飞机摇晃起来,大大小小的动物的尸体碎片被掀到天上。片刻之前,这里是动物们避暑的胜地,如今成了它们的坟墓。

---

① 老准时:美国黄石公园内一个著名的间歇喷泉,间歇时间极有规律,喷泉高度可达 30 米。——译者注

"炸药!"哈尔喊道。

成群的偷猎者从树林中涌了出来,他们用矛将还活着的动物扎死,割尾巴、砍角、砍头,割下一切能卖钱的部分。

突然,他们发现了小飞机,立刻又跑回树林中躲起来。哈尔让飞机转个圈,然后全速飞回营地。一下飞机他立刻叫人上车,尽管他们也全力抓紧时间,但他们赶到爆炸地点时,已是差不多一个小时之后了。

太迟了,偷猎者取走了所有他们想要的东西,早已逃之夭夭了。

水塘里到处是被砍得支离破碎的动物尸体,如果不搬走的话,一腐烂,必然会污染水源。哈尔的队员以及一些守备队队员一起搬了很长时间,才把水塘清理完毕。夜幕降临,一个个垂头丧气地回到营地。罗杰的话道出了大家的心情:

"忙了一天,结果呢?一无所获。"

第二天一大早,两位侦察员又上了天。这一次他们朝北飞,60、70、80千米,仍然是察沃国家公园广袤的原野,又往北飞了15千米,他们发现前方升起了一股烟。

飞到近处,他们发现有数百头象在一个大火圈中拼命奔逃。偷猎匪徒们躲在一个安全的距离之外。在这儿,平原上的象草可以长到3.6米高——偷猎者围着象群点一圈火,然后就远远地等着大象活活烧死。

发了狂的大象拼死冲入呼呼作响的大火中,企图寻得一条生路,但一个个被烧得遍体鳞伤,只得被疼痛折磨而死;那些没有立刻倒下的则又扭又跳:它们的脚掌已经被烧掉了,即使它们能

22 屠杀

逃出大火，也逃不脱死神，因为它们不可能靠4条烧残的腿去寻找食物，不久之后，还会被匪徒们捕获杀掉。

兄弟俩在一大群黑皮肤的偷猎者中发现了一张白色的面孔，他身穿狩猎裤和丛林夹克衫。罗杰叫了起来：

"黑胡子！"

他们飞得更近一点想看个清楚。黑胡子朝上望望，他笑了，还朝兄弟俩挥了挥手。

"这个魔鬼！"哈尔骂道，"他知道自己很安全，我们坐车赶到这儿之前，他就可以跑到几百千米之外了。"

他们还是回去带了人来，正如他所预料的那样：偷猎者取走了他们取得走的东西，跑了。

兄弟俩又输了。但没完全输，匆忙之中，偷猎者把最值钱的部分扔下了。他们只来得及割掉尾巴，砍掉脚，拔下眼睫毛，还有些大耳朵——变硬之后可以用来做桌面。但他们急着要离开这个地方，把最值钱的部分——象牙留下了。

取象牙既急不得，也不容易。它牢牢地长在大象的肉和骨头里，想要用斧子来砍，那几乎不是人所能干的活。最容易的办法是让尸体待一个星期，任其腐烂之后，象牙就会松动。

但对黑胡子来说，明摆着，他不可能等一个星期。不出3个小时，那些"爱管闲事的局外人"就会带着人和车到这儿来。有少数象牙已经被砍走，但百分之九十以上都还在。对于这帮偷猎者的头儿来说，不得不扔下价值上万元的象牙，真是太心疼了。

这个刽子手的行动变得更加隐蔽，他和他的偷猎大军似乎销声匿迹了。小飞机飞过山丘和溪谷，森林和平原，连一个非法入

22 屠 杀

侵者的踪迹也没发现。再也没看到陷阱带,再没有爆炸、大火,看不到茅草棚组成的偷猎营地。也许再没有偷猎匪徒了。

"你看我们是不是真的把他们吓跑了?"罗杰说。

"不会。但我不明白,他们会到哪儿去了呢?简直就像钻到了地下。"

地下。罗杰心里不禁一动。他想起自己在象坑里的情况,匪徒们会不会也挖坑藏起来呢?明天他要好好地留心一下树丛下面的那些坑。

回到营地,他们发现辛格来了。

"啊,我的朋友,你们抓到了你们想抓的人没有?"

"还没有。"

"如果我是你们的话,我就放弃算了。我们抓他已经抓了好多年,但他太精明,我们没法抓住他。在某种意义上,我必须说,我很钦佩他,他总是能从你的手指缝里溜掉,这本事令人惊叹,你们说不是吗?不过,你们当然会抓住他的,你们美国人那么聪明。"

哈尔假装没听出来他话中带刺。很显然,法官对自己的这番话是很得意的。哈尔想鼓励他自以为得意的心理,就说道:"呃,听队长说,你给野生动物协会捐赠了一笔钱,你真慷慨。"

法官笑得见牙不见眼,挥挥手说:"没什么,我的孩子!算不了什么,我希望能多捐一点,不幸的是,干我这一行,薪金有限。但我可以放弃我生活中的某些享受,以帮助那些可怜而宝贵的动物。"

"很高尚,"哈尔说,"糟糕的是,你除了薪金之外没别的收入。有些法官生活过得倒是挺不错的，你知道。"

法官的脸色沉了下来，"你这是什么意思？"

"啊，做个纯粹的假设吧，假如你不是一位诚实高尚的法官，假如你暗地里参与了偷猎买卖，当匪徒被送上你的法庭，你可能不判或轻判，对那些大坏蛋的所作所为你可以闭眼不管，他们当然不会亏待你。这样，你就能发财——而你可以一直装扮成野生动物的伟大朋友，每隔一段时间，给野生动物协会一点捐赠，好让人们继续受你的愚弄。"

法官的脸涨得通红，通常很和善的两只眼睛，现在恨不得喷出火来。不过，他还是强装出一副笑脸：

"正像你说的，这不过是纯粹的假设而已。对于真正热爱动物的人来说，绝对不可能。"

"绝对不可能。"哈尔应着他的话，一边用手摸着奇奇。奇奇刚刚从外面进来，它一见法官就龇牙咧嘴地朝法官发出阵阵咆哮。

哈尔找了个借口离开房间，他绕到一个被灌木丛遮掩的窗口朝里瞧。这时候，法官的行为值得深思。有一阵子他像发了疯似的一拳砸在写字台上，然后跳起身在室内大步地走来走去，那模样像是在发高烧。奇奇这时正躺在地上，他狠狠地朝奇奇的喉咙踢了一脚。奇奇立刻跳了起来朝他扑过去，连撕带咬，一边还吼叫，辛格不断地用脚踢猎豹。最后他拔出了刀子，但还没等他用上，握刀的那只手腕就已经被奇奇咬在上下牙齿之间了。刀子掉到地上，法官跌坐在椅子上。奇奇咆哮着跑出了小屋。

哈尔回到自己的小屋，他心里在想着刚才所看到的一切，这

22 屠 杀

就是伟大的动物保护者!哈尔相信奇奇,而不相信那个人。他现在比任何时候都更相信,辛达·辛格是个大骗子——如果不是,他对哈尔"纯粹假设"的故事为什么如此大动肝火?

但他仍然没有实实在在的证据。

23

飞机坠落

"我相信下面那些是洞。"罗杰喊了起来,他一直通过透明的机舱罩朝下望着。

哈尔因为要操纵飞机,只朝下面扫了一眼,他没看到洞——但他看到有些地方树丛被砍了,而砍下的树枝堆成一簇一簇的。那些一簇簇的树枝可能就是洞口的遮盖物,匪徒们是否就躲在洞里?

不远处有一片猴面包树林。这是一种奇特的树,看上去像是身上开满花的河马。其高大如河马,肥壮如河马,树皮也犹如河马皮一般,几乎使人以为是一群这种健壮的动物从河里爬上岸来站在这儿,后来脚下生了根,长在这儿了。

树林中没有偷猎者的茅棚,也看不到一点儿人的迹象。但那些一簇簇的被砍倒的树丛总叫人疑心,下面可能会有不少人正忙着呢!

"值得搜一搜,"哈尔说,他把飞机转了个圈,朝营地飞去,"带上人,开车来。"

飞机平稳地朝回家的航程飞了10分钟后,突然颠簸摇晃起来,像是个醉汉。

"气阱!"罗杰猜测道。

"我看不像是气阱,"哈尔说,"如果进了气阱,不应该像这

23 飞机坠落

样颠簸摇晃。另外,为什么在这儿会有这种上下气流?你可以设想在复杂地形上方会有湍流,像高山、巉岩的上方——但在这种平地上方不会有!"

"那是怎么回事?你动了操纵杆吗?"

"当然没有。"

"你看是不是方向舵出了毛病?"

"不知道,越来越厉害,我看我们得找个地方降落。"

飞机现在颠簸得就像一匹惊马。

"右翼!"罗杰一声惊叫,"快看!"

右翼抖动得很厉害,像是要脱落飞走似的。

哈尔把飞机急速地向下滑去,差点儿撞着一棵高大的木棉树树梢。飞机现在颠簸到了很危险的地步。

"我控制不了啦,"哈尔说,"要坠落!也可能会着火,准备好朝外跳。"

他关了发动机。

飞机撞到地面,又朝上一跳,只听到一阵哗啦哗啦的声音,右翼已经不见了。这只"鹳"撞到一个蚁山上,停住了。

"好!"哈尔喊道。

"好什么?"

"没着火,我们还活着,还不够好吗?"

"我想是吧,"罗杰心事重重,"我们现在怎么办?"

他们爬出座舱,朝后走了15米,查看脱落了的机翼。

"这似乎不可能,"哈尔说,"为什么机翼会掉?"

罗杰正查看着断口,他说:"我看有鬼。这儿,是断裂的,还是锯开的?"

哈尔仔细地看过断口之后,瞪大了双眼喊道:"有人搞了鬼!看这条笔直的裂口,不是自己裂开的,有人先锯开了一部分——这就足以让整个翅膀断掉。我想,我们应该感到光荣,有人认为我们已经重要到值得暗杀的地步。"

罗杰不断地揉着膝盖,哈尔问道:"怎么回事?"

"降落的时候被撞了一下。现在我们该做些什么事?这架飞机里连无线电也没有,点堆火做信号吧,怎么样?"

"没用。基地在80千米之外,他们看不到火。唯一有可能看到的是匪徒们,我们可不能让他们来干掉我们。点火就等于向黑胡子先生发出邀请。"

"那怎么办?坐在这儿等人来找我们?"

"在这数百平方千米的荒野上?他们要找到我们得花上几个星期。到那个时候,我们已经不值得找了。只有一个办法——我们得走回基地。"

他们朝飞机走去的时候,哈尔看到罗杰的腿跛得很厉害,他说:"你走不了!"

"别担心,"罗杰说,"过一会儿就会灵活的。"

"我看不会,只会越来越严重。无论如何,我们总还得留个人在这儿照看飞机。"

"干吗还要照看它?还会有什么事吗?"

"好多事。匪徒可能会来,会偷走一切他撬得动的东西;犀牛和大象也可能对它感兴趣,一个月以前,在墨奇松那个地方,它们就把一架停放在那儿的飞机彻底捣毁了;鬣狗喜欢橡胶,你

23 飞机坠落

要给它们机会的话,它们会把轮胎嚼光。你留在这儿就挺管用。"

"好吧,"罗杰不情愿地说,"你要去多久?"

"假定这儿离基地 80 千米,我得走 10 个钟头,然后坐车到这儿来得花两个小时,一共得 12 小时。"

"但现在已经快傍晚了,你最好等明天早上再走吧。"

"晚上走路凉快,"哈尔说,"月色也好。别担心,我会顺利的。再见吧——小心你自己。明天早上 5 点我一定会再见到你。"

哈尔大步走了。罗杰的肚子在说:"给带块三明治回来!"

太阳一落山,白天在树林里躲太阳的野兽开始出来活动了。

它们对飞机很感兴趣,围在飞机旁,就像被洪水围困的先辈要乘上诺亚方舟时一样。一些个子小而又不那么害怕的还试图爬进机舱,几只狒狒决心要与罗杰分享他的位子;几只猴子爬上机头,朝机舱里瞧着。

4 头犀牛打着响鼻喷着气,在仔仔细细地打量着小飞机,它们可能在想:这是一种什么新猛兽?后来,4 个家伙朝后退了一小段距离,似乎要商量一下,该如何对付这个新家伙。

看来它们最后得出了结论:这个奇怪的家伙没有理由待在这儿。它们低下脑袋开始向这个奇怪的家伙走来。一头犀牛就足以把机身撞个稀巴烂,4 头一起来,那后果……

罗杰掀开舱盖,大喊一声。犀牛站住了,眨眨小眼睛,支棱起耳朵,它们想弄清楚:这声音是哪儿来的?

它们又商量了一阵子。要是这是几头大象的话,可能很快就会做出决定。可犀牛不行,一是性情暴躁,二是不如大象聪明。所以它们自己先打起来了。

汤氏瞪羚和长颈鹿围着飞机打转转，仔仔细细地看着。出名的跳跃能手——黑斑羚，从机身上面飞跃而过；一只潜行而来的豹子选中了一头大羚羊做它的晚餐，猛扑过去，一口就咬开了大羚羊的脖子。

一声令人毛骨悚然的尖叫撕破了傍晚的宁静，罗杰不禁打了个冷战，只有一头大公象才能发出这么大这么响的叫声——但罗杰一镇定下来之后就明白了，这是岩狸的叫声，它是一种夜间活动的动物，只有30多厘米长。

看到太阳光渐渐退去，罗杰心里很不是味儿。飞机浸到了一片阴影之中，这片阴影朝非洲最高的山上爬去，爬上了1500千米，一会儿3000千米，后来爬到了雪线，如今，它抹掉了雪山那层灿烂的光辉；它已经爬了6000千米高了，乞力马扎罗峰立刻笼罩在黑暗之中，成了暗蓝色的夜空中一个灰白色的魔影。

24

黑胡子落网

罗杰努力想睡着。但他怎么也睡不着,只好放弃这种努力。座舱的座椅不舒服,躺到地上可能会舒坦点。

他爬下飞机,在剩下的那只机翼下伸开手脚,躺在草地上。他指望这只机翼会吓跑那些好奇的野兽。机翼很矮,犀牛、大象、野牛或者河马都不可能钻进来。但他忘记了另外一种危险的野生动物——蚂蚁。

飞机坠落时就是撞在一座蚁山上停下的。现在他到来的消息立刻在这座蚁山的居民中传开了。罗杰被手臂和腿上的几处刺痛给惊醒了,他还没完全清醒过来,这种刺痛在衣服下散布到了全身,他痛得发抖缩成一团。他跳起身,扯下衣服,又蹦又跳,用手拍打着身上的蚂蚁。他打掉一只,又爬上来两只。飞机旁边那些动物观众惊奇地看着他的舞蹈表演。

后来终于来了个救星,不过这个救星根本不是为救他而来的,它只不过想饱餐一顿而已。大食蚁兽,也有人叫它土猪,绝不放过任何饱餐蚂蚁的机会。它白天睡觉,晚上醒过来,饥肠辘辘,才出来觅食。

这是一种约 1.2 米长、64 千克重的动物。爪子有如熊爪,这是用来挖土的;一条袋鼠尾巴;一对毛驴耳又尖又长,朝四周转动;像猪一般地哼哼叫;最为奇特的是它又长又黏的舌头——足有 45 厘米长。

罗杰的这位新客人立刻用它那了不起的长舌扫荡从蚁山到罗杰身体上的蚂蚁大军，沾满蚂蚁的长舌朝口中一卷，那些匆匆忙忙的蚂蚁就成了它辘辘饥肠中的美食了，然后黏糊糊的长舌又朝蚁群舔去。

蚂蚁远比人们想象的要聪明得多，原先浩浩荡荡朝罗杰进军的蚁群立刻转头朝蚁山奔去。但罗杰身上还有不少，还在享宴罗杰的鲜美肌肤。突然他感到腿上被舔了一下，大食蚁兽非常习惯于从别的动物的皮上舔食蚂蚁。对它来说，罗杰只不过是另一只动物、一张摆着佳肴美馔的桌子而已。

罗杰一动不动地站着，生怕吓着了他的救星，让那又黏又令人发痒的舌头不断地舔着他的身体。天上的月亮要是看到了这派景象也会笑出声来。罗杰最后还是痒得忍不住，笑出声来。食蚁兽大吃一惊，笨拙地跑开了。

罗杰穿上衣服，不管座舱多不舒服，他决定还是回到座舱内去度过这剩下的时光。

大食蚁兽还有一样本事让罗杰又吃了一惊：它遇上了一头狮子，只得停下。大食蚁兽是狮子最喜欢的美味之一，狮子也站住了，它用不着着急。狮子是大猫，它的习惯也像一般的猫一样。一只捕鼠的猫不会一下子扑上去，将老鼠吃掉的。它要耍弄那只老鼠，把头转向一边，假装对老鼠不感兴趣，直到把老鼠吓个半死才把它吃掉。现在，这头狮子就在玩这个把戏，它相信，这口中之食是跑不掉的了，一头大食蚁兽当然跑不过一头狮子。但大食蚁兽也有自己的绝招：它有一副弯弯的、有力的利爪，用这副

24 黑胡子落网

利爪,它可以在一分钟内挖开一个洞,然后消失在洞里。

就这样,狮子抬头望着天,想着即将到口的美味;大食蚁兽则悄悄地,然而飞快地扒着土,到了狮子转过头朝满肚蚂蚁的大食蚁兽望去的时候,它什么也看不到了,只看到地上有一个洞。狮子走到洞口前,朝洞里张望,用爪子扒了几下,最后只好失望地咆哮几声就走开了。

罗杰睡得很不安稳,有两次被飞机下鬣狗怪异的笑声惊醒。鬣狗可能在啃轮胎,罗杰在座舱里跺脚,把它们吓跑。后来他才真正入睡了,甚至丛林婴儿的"哇哇"的叫声也没把他吵醒。丛林婴儿这名字就是因为它的叫声像一个坏脾气的婴儿的哭声而起的。

罗杰做了一个梦,梦见一头犀牛用角抵他,醒过来发现是哈尔用手在戳他。天已经亮了。

"醒醒,"哈尔说,"你要睡一天哪!这是你的三明治。"

罗杰艰难地睁开眼,看见哈尔和克罗斯比,以及他们身后的全体狩猎队队员,还有汽车。

"出来吧,"哈尔说,"我们要到偷猎营地去。"

"飞机怎么办?"

"只能留在这儿了。队长已经给内罗毕机场打了电报,请他们派技工来。我们走吧,看看那一簇簇的树叶下有些什么玩意儿。"

回到大肚皮的河马树林子,不过 30 千米。情形可疑的一簇簇树叶周围,一个人影也没有,但清早的空气中总飘着一种压低了的说话声。如果地洞里真有匪徒的话,那一定是带着弓箭的。

"掀起一个角看看。"哈尔说。

队员们揭开了树枝树叶,哈尔提防着箭朝脸上射来,小心地朝底下望去,洞里没人。

但还是听到那种说话声。

其他的洞也被揭开看了,有几个里面有野兽,但没有一个洞里有人。哈尔叫队员们不要出声:"别说话,听!"

毫无疑问,在某个地方有人在说话。声音像是从树那儿传来的,但树的附近没人,也不可能藏在树上,因为这些树没有树叶——全是光秃秃的。

哈尔领着人又回到树林中,他再次要队员们别出声,但现在听不到说话声了,一片寂静,什么声音也没有。要么是这儿根本没人,要么是他们已经知道有人来了。哈尔上上下下、前前后后地打量着那些树,一个人影也没有,哈尔正打算放弃这次无望的行动,队长说话了:

"等等,他们可能就在这儿——就在我们周围。"

"怎么可能在这儿又不被我们看见呢?"

"你看这些树的树干有多粗,猴面包树,高不超过15米——但它朝横向长,像个矮胖子。很多猴面包树的胸径可达18米,真是些大肚皮。这都是些老树——大概有500年到1000年的树龄。老猴面包树还有一点奇怪的地方:它的肚子是空的,这儿的任何一棵树的肚子都可以藏下20人。"

"如何进入呢?我没看到有洞口。"

"通常在上面,离地面差不多3.5米高的地方,分杈的那儿有个洞口。"

24 黑胡子落网

"佐罗,"哈尔喊道,"你贴着树站好,把我托上去。"

他站在佐罗的肩膀上,抓住最下面的一根树枝朝上爬,好,现在可以看到洞口了,就在树分出很多杈的地方。他非常小心地爬到洞口旁边,唯恐里面射出一阵箭雨。他朝昏暗的洞里望下去:里面全是人,他们也正朝上呆呆地望着他,但没有采取行动攻击他。那样子更像是一群正在淘气而被抓住的孩子。

偷猎者开始朝上爬,哈尔退到一旁。偷猎者下到地上,他们的武器都留在了洞里。哈尔也下了树。偷猎者为什么都不动手进攻呢?

"佐罗,问问他们是怎么回事?"

佐罗用斯瓦希里语问他们是怎么回事,其中一个答了话,佐罗把他的话翻译成英语:

"他们不想打了,他们投降。"

"为什么?"

"他说,他们每次建起一个营地,都会被我们捣毁,他们不愿意再跟随黑胡子。他现在不再付钱给他们——因为他没有收获。他们说,不给钱他们就不干了。"

从其他树上也纷纷跳下人来,最后出来的就是黑胡子本人。他并不打算投降,他的左右手都拿着枪,脸都气歪了,胡子抖动着。他朝他的人吼叫着,要他们动手。他像个疯子,朝天放了几枪。他看到这并没起到什么作用,随即放平枪口朝他们猛射一阵,一下子就被他打死了6个。

这一下偷猎者被激怒了,他们动手了——但是朝着他们的主子来的。他们冲过去的时候,又被射倒了两个,最后才把他按倒在地,夺走了他的手枪。要不是队长及时制止的话,他们会杀了他。

"起来!"队长命令道。

仍然气急败坏的黑胡子站了起来。

一直跟在队员们身旁的奇奇表现得很奇怪,它闻闻黑胡子,然后张开嘴咆哮起来,露出了尖尖的利牙。哈尔想,为什么奇奇对这样一个它从未见过,也没闻过他的气味的人如此反感呢?黑胡子恶狠狠地用脚朝奇奇的喉咙踢去,哈尔突然想起,有一个人也这样踢过奇奇,一模一样——辛格法官。

奇奇朝黑胡子猛扑过去,但被罗杰喝住了:"站住!奇奇!"罗杰是怕万一奇奇被黑胡子杀掉。

队长走向前对黑胡子说:"你终于完蛋了,我们追了你多年,终于抓到了——全靠这两位年轻人。"

"你不能把我怎么样,"黑胡子轻蔑地说,"我有钱!"

"法庭上才知道呢!你要因杀害8个人而受审。辛达·辛格法官将亲自审判你——你会发现,他是公正廉明的化身,你所有的钱也买不动他。"

黑胡子发出一阵狂笑。一听到这个声音,奇奇便扑了上去,它的利齿咬住了这个大刽子手的喉咙,但并没真正咬在喉咙上,而是咬住了遮住喉咙的胡子。

胡子被奇奇一口扯掉了,露出真面目的,正是辛达·辛格法官本人。

克罗斯比震惊地盯住那一张面孔。

辛格法官笑着说:"你现在知道了吧,为什么我不怕你的辛

24 黑胡子落网

格法官,哈,哈——太好笑了,你这个大笨蛋!"

到队员们把他五花大绑,准备送往内罗毕交给警察的时候,他就再也笑不出来了。

在内罗毕,他企图收买负责审讯他的法官,但没有得逞,他被判了无期徒刑。这时他才知道,并不是所有的法官都像他一样贪赃枉法。他的财产被充公,转给了非洲野生动物协会,用于保护野生动物。

兄弟俩对了——也错了。他们看出辛格是个坏蛋,但他们却没想到他本人就是黑胡子。

对于马克·克罗斯比队长来说,言语和善的辛格法官与刽子手黑胡子竟是同一个人,这个打击,他永远也不会忘记。他喜欢辛格,他现在仍然喜欢过去曾给他留下美好印象的辛格,他哀悼那个美好形象的死去。

25 吃人的狮子

抓到黑胡子的第二天早上,一个守备队队员给兄弟俩送来了克罗斯比的一个便条:

"请到我办公室来,紧急。"

当他们走进队长的小房时,看到队长那里已经有了一位客人,一位身穿铁路制服的黑人。克罗斯比介绍说,他叫噶西·坦噶,是附近蒙提图安代车站的站长,从内罗毕到蒙巴萨的铁路就是从那儿进入察沃国家公园的。

"坦噶带来一个严重的消息,"克罗斯比说,"昨天晚上他有5个人被狮子吃掉了。"

兄弟俩吃惊地瞪大双眼,说:"我们还以为狮子吃人已经是过去的事了呢!"

"远非如此。在东非,每年都有100多人死于狮子之口。当然,与你们国家因车祸丧生的数字相比,这不算多。但如果狮子吃人,人就要杀死狮子。我们现在既要保护人,也要保护狮子。坦噶他们的人今天早上已经出动了,他们要杀掉所见到的每一头狮子。我们不能允许这样做。狮子——那些不吃人的——有生存的权利。从世界各地来的游客要看狮子,我们不能把狮子都给杀光。大多数狮子是不伤人的，只有那么几头是坏蛋。现在要做的事是，找出那些坏蛋，保护那些好的。"

"怎么可能看到一头狮子就知道是好是坏呢？"

"是不容易，这也正是我请二位来的原因。"

"但我们没有干这类事情的经验。"

"也许还不止这一个问题呢！但你们有很丰富的与动物打交道的经验，而且，你们似乎很能解决难题。你们帮了我很大的忙，所以我不能再对你们提出什么要求，但如果你们自愿的话……"

他那样满怀希望，真令人难以拒绝。哈尔望望罗杰，罗杰点点头。

"我们当然会尽力帮忙，"哈尔说，"幸运的是我们有一支优秀的狩猎队。作为非洲人，他们比我们更了解非洲的动物，这是我们一辈子也学不到的。"

"也许如此，"队长说，"但他们并不很想干这一行，有他们的经验和知识，加上你们的精力，我相信你们会做出成绩的。"

哈尔转向坦噶，说："你怎么看呢？也许你会认为我们不会有什么用。"

"不是这样，先生，"坦噶怀着敬意地说，"我们知道，你们在察沃已经制止住了偷猎；我们知道，你们逮住了黑胡子，这正是我们需要知道的。我们将按你们说的办。"

"好。那么你回去对你的人说，不要再杀狮子了，我们带着狩猎队一个小时后就到。有了你的帮助，我们将会抓到那些坏蛋的。"